AF390406

À fleur d'eau

L'auteur

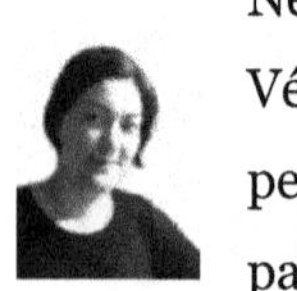 Née en 1978 à Saumur en Maine-et-Loire, Véronique Lesaffre a enseigné la langue française pendant vingt ans. En 2021, elle a redécouvert sa passion pour l'écriture en publiant un premier roman *Cours toujours !* roman feelgood sur le milieu scolaire. Elle signe ici son premier roman policier qui révèle ses liens avec sa région natale et sa connaissance fine de la vie de village.

VÉRONIQUE LESAFFRE

À fleur d'eau

Roman

Copyright © 2022
Tous droits réservés
3, rue Nationale
49700 Concourson-sur-Layon
Dépôt légal : février 2022
ISBN978-2-9576606-5-0

À l'attention du lecteur.

Ce livre est le fruit de l'imagination de l'auteure. Toute ressemblance avec des personnes ou des situations ayant existé ne saurait être que fortuite.

L'action se passe dans la région de Doué-en-Anjou. Les noms de lieux sont réels, le mélange de réalité et de fiction n'a pour but que de renforcer cette sensation d'authenticité qui emmène le lecteur dès les premières pages dans une histoire aussi prenante que celles relatées dans les journaux.

Dimanche 18 avril

1

En ce mois d'avril, l'air est gris et l'atmosphère est humide. Il pleut depuis le début du mois, même si, il est vrai, il y a eu un petit répit en début de semaine. On est loin de la chaleur de l'an dernier, se dit Émilie en regardant par la fenêtre ce matin. Cependant, la coutume c'est la coutume, ce n'est pas le temps maussade qui la fera déroger à sa promenade habituelle. Vingt ans qu'elle sort tous les jours après son petit-déjeuner faire un petit tour jusqu'au bord de l'eau. Vingt ans qu'elle arpente le village en empruntant plus ou moins le même trajet. Vingt ans que cette promenade matinale la remplit d'énergie pour affronter le reste de la journée. Elle a commencé le premier jour officiel de sa retraite, symboliquement, pour continuer à avancer malgré cette ligne d'arrivée qui lui était imposée par son administration. À quatre-vingt ans, elle connaît aujourd'hui chacune des ruelles, chacune des boîtes aux lettres et chacune des pierres sur son chemin.

Avant de sortir, Émilie se regarde dans le miroir de l'entrée. Elle a eu très tôt des cheveux blancs et est satisfaite de la coupe au carré très court que sa coiffeuse à domicile lui fait depuis trente ans. Un petit embonpoint lui donne l'air plus sympathique depuis quelques années, elle qui a été si maigre toute sa vie. Elle porte un confortable pantalon bleu marine, un sous-pull de chez *Damart* et des chaussures qu'elle a achetées l'an dernier chez *Mediconfort* à Doué-La-Fontaine. Vieillir c'est s'autoriser à ne plus se conformer aux normes esthétiques. Il y a longtemps qu'elle l'a compris.

Elle enfile ensuite son pardessus, non sans avoir pris soin de revêtir un bon gilet polaire bien douillet pour que la balade soit plus agréable, attrape sa canne en bois et verrouille sa porte d'entrée en sortant. Elle jette un regard à ses souliers et pense qu'elle n'ira pas jusqu'au camping cette fois-ci si elle ne veut pas attraper la mort avant de rentrer. Elle affronte le flot de voitures, descend, non sans mal, la rue Nationale et se dirige vers le Layon. Il est en crue. C'était à prévoir. De grosses averses sont tombées toute la nuit. Les services techniques de Doué-en-Anjou ont certainement dû passer dès potron-minet pour fermer le chemin du Pont Vieux qui longe la rivière. Malgré le bruit incessant de la route à cette heure, une fois qu'elle est arrivée près de la rive, les grondements de l'eau que charrie la rivière prennent le dessus. De petites vagues sont perceptibles en surface, de la mousse blanche s'amoncelle au bord de l'eau et le débit est extrêmement rapide. Émilie reste un long moment devant ce spectacle captivant. Elle tient pourtant bien sa canne en main mais les tourbillons qui se bousculent à ses pieds alors qu'elle traverse le petit pont piéton l'étourdissent. Tant de force et de vigueur la surprennent toujours. Plus les années passent et plus les démonstrations d'énergie la touchent. Certaines fois pour venir la ragaillardir et lui redonner l'envie de vivre et de se dessiner un futur, d'autres fois pour la perturber et la confondre dans le marasme de sa vieillesse inéluctable. Aujourd'hui, elle est secouée. Elle n'arrive pas à définir le sentiment qui l'envahit. Elle est là, fière, debout face aux éléments qui se déchaînent et, en même temps, elle se sent tellement fragile appuyée sur sa canne d'octogénaire.

Elle lève le regard, rêveuse sur les voitures qui défilent sur le pont au loin. Il paraît qu'il y a plus de sept mille véhicules par jour qui empruntent cette route. Où vont-ils tous si empressés ? Qu'ont-ils de si urgent à faire ? La vie moderne est si rapide, si angoissante, si différente. Autrefois, quand elle s'était installée à Concourson-sur-Layon avec Henri, dans les années 60, la route lui avait semblé passagère mais beaucoup moins qu'aujourd'hui, surtout le week-end. Cela dit, les échanges commerciaux ont bien évolué depuis ce temps. Tout court si vite, songe-t-elle en posant à nouveau les yeux sur l'eau qui rugit et court sous ses pieds.

Émilie sent tout à coup de petites gouttelettes qui viennent se poser discrètement sur son manteau et son visage. Elle lève les yeux vers le ciel gris qui s'assombrit. Il va falloir rentrer avant de se prendre une bonne saucée. Elle ne sait pas très bien si c'est l'aide de la canne ou la perspective d'être trempée avant de passer sa porte d'entrée mais elle a rarement mis moins d'un quart d'heure à finir sa boucle comme ce matin !

Émilie s'attarde à la fenêtre, en se faisant réchauffer une petite tasse de Caro avant de s'atteler à la préparation de son déjeuner. Il tombe des cordes à présent. Comme elle est bien, là, à l'abri, dans sa petite maison de grison acquise il y a cinquante ans pour une poignée de francs à un vieux couple de la région. Comme elle a de la chance d'être retraitée et maîtresse de son emploi du temps. Et comme elle a eu le nez fin de sortir avant le déluge ! Un corbillard roule à toute vitesse et passe sous son regard. Elle fait volte-face et se demande pourquoi même les morts sont pressés de nos jours, qui plus est, le dimanche.

La rivière montera de presque un mètre en quelques heures, entraînant sur son passage, tous les déchets des rives en amont. Elle profitera des aménagements et du nettoyage de l'automne pour s'étendre jusque là où elle n'est pas autorisée, offrant son chant incessant et lourd à ce week-end d'avril. Elle envahira les caves des riverains et les prés déjà imbibés de son violent cours incontrôlable. Le voisin le plus proche fera fonctionner la pompe de son sous-sol vingt-quatre heures durant et les badauds viendront pour admirer, dès le lever du jour, le Layon qui s'étale joyeusement faisant abstraction des barrières et des aménagements humains, inondant l'espace autour de son lit.

En fin d'après-midi, alors qu'elle est assise dans son fauteuil à faire fonctionner ses neurones sur les mots croisés de son journal, Émilie aperçoit par la fenêtre tout un convoi de camions de pompiers et de voitures de gendarmerie descendre la rue toutes sirènes allumées. Décidément le calme de la campagne est très relatif ici.

Lundi 19 avril

2

Le lendemain matin, en ouvrant son journal, elle espère bien trouver la réponse à ses interrogations : quelle était la raison de tout ce tapage la veille ? Émilie est curieuse et elle l'a toujours été. On lui a toujours dit que c'était un vilain défaut mais maintenant qu'elle est à la fin de sa vie, elle sait bien que c'est une grande qualité. Elle n'aurait pas rencontré Henri sans cela. Et, elle ne serait pas devenue une bonne postière sans ce joli défaut. Combien de fois a-t-elle sauvé de la catastrophe un colis mal orienté grâce à ses yeux de lynx qui avaient enregistré une adresse ou un nom par habitude ! Avec le temps, elle a juste appris à ne pas partager ses manies d'observations et divulguer ses conclusions qui parfois s'avéraient parfois, il est vrai, être de simples élucubrations qui ne menaient à rien.

La première page est réservée à une rencontre sportive remportée par le SCO. En deuxième page, le

Courrier de l'Ouest annonce qu'un corps sans vie a été retrouvé la veille à Saint-Georges-sur-Layon à la sortie du village. Un riverain, qui était là pour pêcher, a vu quelque chose de suspect et a découvert un homme sans vie. Le journal précise *qu'il s'agit d'un homme d'une vingtaine d'années et que le corps a probablement été charrié par la crue.*

L'événement ayant eu lieu la veille en fin d'après-midi, l'article ne donne pas vraiment plus de précisions. La photo est celle d'un camion de pompier avec le bord de la rivière en arrière-plan. La légende n'apporte pas d'information supplémentaire. Pas de mention ni du nom du pauvre noyé ni du témoin. Émilie est déçue et encore plus intriguée qu'en ouvrant son canard. Elle poursuit sa lecture des faits divers locaux sans être attentive. Cet événement monopolise toute sa concentration et des tas de questions se bousculent dans sa tête. Qui est ce malheureux jeune homme ? Comment s'est-il retrouvé là ? Elle ne peut s'empêcher de visualiser un corps blanc flottant sur le Layon à quelques kilomètres d'elle et de frissonner. Pour en apprendre davantage, elle a plus d'un tour dans son sac, elle songe déjà à activer son réseau.

3

Le téléphone sonne. C'est Lucienne Gabard. Émilie et elle se téléphonent très régulièrement. Elles se connaissent depuis plus de trente ans. Quand Lucienne est arrivée au bureau de poste de Doué-la-Fontaine, elle venait de divorcer de son mari. Elle n'avait jamais travaillé auparavant et se retrouvait seule avec trois enfants, un mari parti courir la gueuse est une situation peu enviable dans cette petite ville. Il lui avait toutefois laissé son logement, un petit immeuble dans le centre-ville. Employée au guichet, elle avait vite pris du plaisir à travailler et à plaisanter avec ses collègues. La rumeur avait couru, un temps, qu'elle avait eu une aventure avec l'un des facteurs. Une femme seule et autonome dans les années 80, c'était encore plein de mystères.

Elles avaient sympathisé rapidement et s'étaient épaulées mutuellement dans le suivi de leurs carrières, de leurs peines et de leurs joies et dans les aléas de la vie de femmes seules aussi, après la mort prématurée d'Henri. Un AVC à cinquante ans en jouant au foot un dimanche après-midi... De fil en aiguille, elles avaient partagé leur passion et leur assiduité pour l'émission *Les chiffres et les Lettres* et pour les jeux de lettres en particulier. Encore aujourd'hui, elles échangent leurs astuces de mots croisés quand elles sèchent sur la définition trop complexe d'un mot d'une grille. C'est toujours avec enthousiasme qu'elles se retrouvent et papotent autour des nouvelles du coin.

— Allô Émilie ?

— Allô Lucienne ? Comment vas-tu ? Tu sèches sur les mots de la grille de ce matin ? répond Émilie en collant le combiné à son oreille.

— Figure-toi que je ne les ai même pas commencés...

— Qu'est-ce qu'il t'arrive ? demande Émilie soudainement inquiète à l'idée que Lucienne n'ait pas commencé les mots croisés avant elle.

— Tu sais le petit gars qui loge au premier, celui qui est arrivé début janvier, euh... Le 2, je crois, avec juste une valise et un sac de sport, tu te souviens ? Un gamin mignon comme tout... Oh ma pauvre, si tu savais...

— Je t'écoute Lucienne.

— Il est mort.

— Ne me dis pas que c'est le gars qui a été retrouvé hier soir à Saint-Georges !

— Si ! J'en suis toute retournée ! Les gendarmes sortent à peine d'ici ! Oh, ça me retourne le cœur, attends, je m'assois. Tu te rends compte, noyé ! Y aura une enquête qui z'ont dit... Ils m'ont interrogée, vois-tu ! Oh ma pauvre, quelle histoire !

— Le pauvre gamin ! J'ai lu l'article ! Tu sais que j'ai entendu les pompiers et tout le saint-frusquin hier soir ! J'étais loin de m'imaginer.

—   ...

— 	Veux-tu que je vienne te voir ? As-tu besoin de moi ?... Quelle affaire !

— Si tu veux bien Emilie, oui. Ils m'ont demandé les clés, le bail tout ça... Je suis dépassée ce matin !

— Tiens bon, je viens te donner un coup de main. Je déjeune sur le pouce et j'arriverai vers quinze heures après ma sieste ou un peu plus tôt si je n'arrive pas à fermer l'œil.

Émilie est bien triste tout à coup. Elle avait rencontré ce petit jeune, devant chez Lucienne, une première fois et puis elle l'a recroisé pas plus tard que mercredi dernier au bord du Layon. Il lui avait expliqué gentiment ce qu'il faisait là, en quoi consistait son rôle, il lui avait même montré une plante qu'elle ne connaissait pas : l'achillée sternutatoire appelée ainsi car la plante une fois séchée fait éternuer, c'était amusant. Il lui avait conseillé de faire sécher un rhizome pour soigner ses rhumatismes. Très poli, très sympathique avec son accent étranger. Il s'était intéressé à elle, à sa balade matinale et à ses observations de terrain. Il lui avait dit en plaisantant qu'une fois qu'il serait parti, elle pourrait lui envoyer des photos de la flore avec son portable pour l'aider à reconnaître les plantes de son village. Comme si elle avait un de ces machins modernes !

Dès quatorze heures trente, Émilie se gare sur le parking de l'église. Lucienne est forte mais un soutien ne sera pas de trop pour faire redescendre son angoisse avec toute cette agitation. Alors qu'elle ferme sa voiture, la femme de Gérard, le garagiste de Soulanger, qui entre dans le salon de l'esthéticienne mitoyen à l'immeuble de son amie, lui fait un petit signe de la tête. C'est étrange, un lundi. Émilie sonne.

— Ah, te voilà, enfin, je n'ai pas réussi à me reposer, tu vois bien ! s'exclame Lucienne en ouvrant grand sa porte. Tu vois, hein, ils ont même laissé des traces de boue avec leurs gros godillots. Va falloir nettoyer tout ça ! Oh, je suis toute tourneboulée !

Émilie ouvre son grand sac à main et offre à son amie le paquet de *Chamonix* qu'elle a toujours en réserve dans son placard de cuisine en cas de visite et elles s'installent autour d'une tasse de café réchauffé.

— Ils m'ont appelée ce matin, ils ont lancé une procédure d'enquête. Du coup, ils ont voulu voir son logement. Et puis, le fait qu'il soit étranger complique les choses... Il est polonais, tu sais. Il est en France depuis cinq ans mais il n'a pas de famille ici. Je le sais parce qu'il n'avait pas payé de caution, ni rien. D'habitude, je prends un mois mais là, il était sans le sous. Après ses études à Angers, dans une école d'ingénieur, un truc comme ça, il a quitté sa chambre d'étudiant au CROUS et a trouvé un petit job, une mission, qu'il a dit. Il avait été recruté pour faire une étude pour la déviation. Il pensait rester au moins une année, espérant avoir d'autres missions du même genre dans les environs. Il m'a payé ses loyers rubis sur l'ongle. Très bien élevé, ce petit ! Il avait vingt-cinq ans. C'est si triste. Noyé, qu'ils ont dit. Tu sais qu'il y avait ton neveu, Patrice, ce matin. Heureusement pour moi, ça m'a rassurée un peu, avec tous ces uniformes. Il ne m'a croisée qu'une seule fois avec toi mais il s'est souvenu qu'on était amies. Très agréable, très correct. Mais bon, quel chambardement ! Ils m'ont dit de ne rien toucher ou prendre là-haut. Faut que je retrouve les papiers et si j'ai d'autres informations, leur transmettre, tu vois ?

— Mais il s'est noyé comment ? T'en sais davantage ?

— Non, ils n'ont pas voulu m'en dire plus, tu parles que j'ai posé des questions ! On va commencer par monter là-haut parce qu'avec la boue qu'ils ont laissée dans l'entrée j'ai peine à imaginer dans quel état est l'appartement ! dit-elle en se levant pour poser les tasses sur l'évier.

Émilie et Lucienne armées de serpillières et de chiffons s'attaquent à la cage d'escalier et pénètrent dans le logement de Marek Wodaski. Émilie est ravie de découvrir cet endroit, elle se sent à sa place, elle active ses radars de vieille chouette.

Le mobilier est assez simple. Lucienne loue un meublé. Une petite table en formica, deux chaises en bois, une petite bibliothèque, un mini-four et une télé. Il n'y a rien au mur à part des puzzles encadrés que Lucienne a dû faire il y a longtemps. Il y a plusieurs plantes vertes dont une orchidée aérienne qui semble s'être très bien acclimatée ici. L'appartement est lumineux malgré le temps gris de l'après-midi. Il y a une icône photocopiée et une ou deux photos épinglées sur le frigo qui représentent des amis apparemment, des jeunes souriants une bouteille de bière à la main. En dehors des traces de pas sur le linoléum, le lieu est assez propret. La vaisselle est faite mais est restée sur l'évier. Il y a une seule assiette, une petite casserole et un verre, par contre, il y a deux tasses à café. Au moins, il aura eu de la compagnie avant de mourir, pense Émilie un peu réconfortée. Quelques papiers trônent sur la table et un tiroir de la chambre est resté ouvert. Toutes les autres portes de placard sont fermées, c'est un détail qui ne lui échappe pas car Émilie aime les portes fermées. Ce sont sans doute les gendarmes de ce matin qui ont oublié de refermer ce tiroir. Cela lui permet sans être indiscrète d'y jeter un coup d'œil. Un abonnement SFR, une facturette de son coiffeur, les quittances de loyer. Dans la chambre, le lit n'est pas fait, c'est étrange parce que les chaussons sont bien rangés au pied du lit, la brosse à dents dans le verre à dents et le dentifrice est rebouché. Un jeune homme de cet âge si ordonné, étrange. Est-il possible qu'il ait eu une petite amie ? Était-ce dans sa nature ou bien avait-il rangé pour une personne de la gente féminine ?

— Tu sais s'il avait une amie, Lucienne ? demande Émilie.

— Je ne pense pas... En tout cas, je l'ai toujours vu rentrer seul, répond celle-ci tout en se penchant avec difficulté pour passer un coup d'éponge sur une trace qui n'est pas partie avec la serpillière. Tu crois que je vais pouvoir relouer à cette époque de l'année ? Non, parce que ça me fait un complément de retraite tu comprends...

Émilie gamberge. Après tout, Lucienne se couche très tôt et n'a plus l'ouïe très fine. Même l'an dernier quand il y avait eu une bagarre d'ivrognes sur le parking en bas de chez elle et que son neveu avait été obligé d'intervenir, elle n'avait rien entendu !

Si la mort remontait à dimanche matin, il avait peut-être été moins regardant sur la discipline : il avait peut-être pris deux tasses de café et était sorti pensant faire son lit dans le reste de sa journée...

Le ménage est maintenant fini et les deux vieilles dames regardent une dernière fois l'appartement avant de le refermer. Après l'activité, laisser cet endroit vide leur procure une drôle d'impression. L'impression de clore un chapitre, de plonger dans l'oubli le passage du jeune homme dans ces lieux même si toutes ses affaires personnelles habitent encore le lieu comme s'il devait rentrer ce soir.

— Je crois qu'ils ont déjà informé sa famille là-bas, je ne sais pas quand ils vont venir pour chercher ses affaires. J'espère que ce ne sera pas trop long. En descendant les escaliers, Lucienne en profite pour relever son courrier qu'elle n'a pas songé à prendre ce matin avec tout ce remue-ménage !

— Il y a peut-être du courrier dans sa boîte, remarque Émilie.

— Hein ?

— Regarde, s'il a du courrier !

Ni une ni deux, Lucienne approche le trousseau et ouvre la boîte aux lettres de Marek.

— Mais oui, une carte postale ! De Pologne !

— C'est écrit en polonais, on n'y comprend rien !

— Belle ville, Cracovie !

— Tu crois qu'il faut que je l'emmène aux gendarmes ?

— Je déjeune avec Patrice mon neveu gendarme demain midi, je lui donnerai si tu veux.

— Merci Émilie, je veux bien, si ça ne t'ennuie pas, ça fait un petit bout à pieds pour moi la gendarmerie.

Émilie glisse la carte dans son sac à mains tout en regrettant de ne pas être capable de lire son contenu. En rentrant chez elle, elle décide de recopier les quelques lignes qui y figurent sur un bout de papier. Ce n'est pas en les recopiant qu'elle va les traduire mais cela lui permettra de garder une trace de cette journée, peu ordinaire, de la même façon qu'elle garde toujours un morceau de papier-cadeau, un billet d'entrée au musée ou un petit mot.

En effet, le tout se trouve bien rangé dans son grenier, qui a le mérite d'être grand et à l'abri des ravages des souris. Depuis des années, elle constitue un petit carton à la fin de l'année avec les trésors qu'elle a soigneusement collectés. Il est très rare qu'elle les ouvre mais c'est devenu un rituel qui clôture l'année. Le nouveau carton déposé là, le premier janvier, religieusement, ouvre une nouvelle année. Son grenier constitue une sorte de mémoires d'objets, de liens, de vie quotidienne. L'histoire des petits riens de sa vie repose là dans des boîtes à chaussures ou des cartons d'emballages sur des étagères. Un carton par année écoulée depuis la mort d'Henri. Tout ce qu'elle n'a pas partagé avec lui. Sans héritier, elle se demande parfois ce que son neveu et son épouse feront de tous ces petits bouts de vie qui racontent la sienne. C'est une sorte de journal intime mais qui prend un peu plus de place qu'un carnet et qui reste sans mot.

4

Son badge ne fonctionne plus en arrivant au portillon ce matin. La journée commence bien, ça et le grille-pain qui a fait cramer ses tartines ! Évidemment la photocopieuse fait encore des siennes. Mais qu'est-ce qui fonctionne encore correctement dans cette gendarmerie ? Patrice entend Romain et Vincent, les deux jeunes nouveaux sans-galon, plaisanter autour de la cafetière. Ils se racontent leur soirée de samedi, il est question de filles. Au moins, ces deux-là lui redonnent le goût du métier. Ils sont plein d'entrain, toujours prêts à servir, à se rendre disponibles et ils ont pris ses gardes de nuit, plusieurs fois déjà, juste pour l'arranger.

Il y a du pain sur la planche aujourd'hui. C'était l'effervescence à la gendarmerie hier soir après cet appel du pêcheur. Patrice a géré l'appel avec sang-froid, comme d'habitude. Il a orchestré le déplacement sur les lieux, le recueil du témoignage et a surtout éloigné du corps le plus possible les jeunes gendarmes. Il a fait de même pour les pompiers : il y avait un JSP dans le camion, ils pensaient qu'il s'agissait d'un animal mort ! C'est rare les morts ici. Il y a bien eu, il y a quelques années ce gars qui s'était immolé à la station essence et un pendu de temps et temps mais un noyé, Patrice n'en n'a jamais vu en quinze ans à la brigade de Doué-la-Fontaine.

Et puis, une fois passée toute l'agitation et les portables qui sonnent dans tous les sens, il avait contacté la brigade territoriale pour faire le point. La blessure à la tête l'avait interpelé bien avant que le médecin dépêché sur place ne mentionne, suite à son examen du corps, un obstacle médico-légal sur son PV et n'enclenche la demande d'autopsie par le procureur de la République.

Ce petit gars, il l'avait déjà vu et bien plus en forme qu'hier soir ! Il l'avait croisé au marché plusieurs fois, il s'en souvient. Il avait un léger accent, un look de beau gosse qui roule des mécaniques mais il avait l'air instruit et bienveillant, pour sûr ! Patrice pense soudain à sa tante qui a déjà dû lire le journal et ne manquera pas de lui poser des questions sur l'affaire demain pendant leur déjeuner. Elle prendra des gants mais ne pourra pas s'empêcher de lui tirer les vers du nez. Il affectionne particulièrement ces déjeuners hebdomadaires qui lui permettent de sortir du train-train boulot-dodo. Il maintient avec sa tante une complicité depuis l'enfance, depuis la mort de son propre père, le frère d'Émilie. Elle n'a jamais eu d'enfant. Elle l'a aidé à faire ses devoirs le soir, à aimer réviser pour obtenir son diplôme de brevet, son bac et l'a insidieusement orienté vers la formation de gendarme, ce qui avait été du pain béni pour toute la famille. Sa propre mère était complètement dépassée par les événements et était constamment en dépression depuis le décès de son mari. En songeant à ses joues tièdes et son sourire aimant, il ne peut s'empêcher de sourire en songeant à la façon dont elle va le questionner le lendemain midi.

— Ah t'es là ! Amène-toi y a le commandant au téléphone !

— Lebon, je rentre d'Angers, j'ai assisté à l'autopsie. La cause du décès est bien la noyade d'après le médecin légiste, par contre, les lésions à la tête ne semblent pas avoir été faites post-mortem : il a reçu le coup avant de mourir, c'est confirmé.

— Ah merde ! Il va y avoir enquête, alors ?

— Oui les gars, avant que la section de recherches ne doive reprendre le dossier, on met tout en branle, paperasse et compagnie !

Patrice qui attend déjà avec impatience les congés d'été alors que nous ne sommes qu'en avril, soupire. Ça va prendre des semaines cette histoire.

— Commencez par retourner sur les lieux de la découverte du corps et remontez la rivière. Recherche d'indices, perquisition au domicile, et tout et tout... Bon courage les gars ! Il me faut ça pour hier bien sûr !

Patrice réunit ses gars et s'assoit au volant de la fourgonnette de la brigade. Va-t-elle tomber en rade comme la semaine dernière ? Ah ce n'est pas le ministre de l'Intérieur qui accepterait d'y prendre place ! Enfin, il démarre sans encombre et prend la direction des rives du Layon à Saint-Georges...

Une mission de police judiciaire, c'est tout ce qui lui fallait pour lui redonner espoir en son métier. Passer uniquement pour le méchant qui surveille et contrôle la vitesse et le port de la ceinture, ça va bien cinq minutes ! Mais, lui, s'était engagé pour le service public, pour garantir la sécurité des personnes et des biens, pour porter secours à ses concitoyens. C'est en héros qu'il voulait se comporter et non pas en Père Fouettard ! Ces dernières années, il avait réussi à nouer des liens de confiance avec certains habitants et sa présence était moins menaçante que lorsqu'il avait débarqué dans cette brigade et pourtant il était originaire du coin ! Il avait bien eu à maîtriser deux ou trois maris violents et calmer quelques jeunes freluquets arrogants envers les forces de l'ordre mais globalement, il avait su se faire une place honorable et juste auprès de la population locale.

Un quart d'heure plus tard, en arrivant sur place, chacun des hommes ressent avec solennité les émotions qui les ont traversés la veille. Chacun revoit les gyrophares, le brancard porté religieusement dans le camion qui l'a emmené. Et la consternation devant ce coup du sort. Un jeune homme livide et froid sorti d'un lit de limon, trempé jusqu'aux os par l'eau de la rivière, ruisselant encore comme si la vie ne voulait pas s'échapper de son corps, recouvert de brindilles noircies par l'eau...

Et puis, les documents administratifs. Heure du déplacement : 17h30. Procès-verbaux. Liste des agents présents sur les lieux. Réquisition des données du téléphone retrouvé dans sa poche. Organisation de la fouille de sa voiture. Etc.

Ce matin, tout est redevenu normal, le Layon se recouche tranquillement tout en laissant une boue fine et noire sur les bords de son berceau comme si rien de dramatique ne s'était produit la veille. Un passant qui promène son chien les ramène à la réalité. Ils sont là pour recueillir des preuves.

Une fois sa paire de bottes enfilées, Patrice ressemble à un cavalier ayant perdu sa monture. Il embarque Romain avec lui le long de la rive et Vincent va vérifier les abords du Layon là où le corps a été trouvé. Avec son agilité naturelle, le temps que Patrice se retourne il est déjà en train d'escalader la rive opposée.

Jusqu'où vont-ils suivre le cours de l'eau comme cela ? Il n'y a rien à voir par ici. Disons qu'ils pourront consigner que cela a été fait dans leur rapport en rentrant tout à l'heure.

— C'est fou ce qu'il y a comme douilles de cartouches de fusil de chasse depuis un moment ! constate Romain qui n'a rien trouvé de mieux que de noter sur son petit carnet tout objet rencontré sur leur passage. Il est vrai que, même à cet endroit retiré, on passe à côté de sacs plastiques ou de morceaux de ferraille. Son crayon sur l'oreille, Romain, qui est aussi grand et maigre que Patrice est bedonnant et petit, scrute la berge attentivement. Patrice songe qu'ils doivent avoir l'air de deux clowns de l'enquête, perdus dans l'herbe.

Toutefois, cette balade sur la rive est agréable. Un rayon de soleil, qui perce maintenant les nuages, vient caresser leurs visages et le décor semble prendre un air estival. Les feuilles vertes naissantes du printemps et les herbes folles dansent au bord de l'eau.

Un lieu si lugubre tout à l'heure devient un lieu où Patrice pourrait venir pique-niquer avec ses enfants. Il n'a jamais marché ici, c'est tout l'intérêt de son métier : découvrir de nouveaux espaces, de nouveaux horizons parfois insoupçonnés à quelques kilomètres de chez lui. Il a sûrement hérité de la curiosité et de l'acuité familiale à voir le monde dans le détail, à chercher à tout comprendre. Il aime tout particulièrement cette sortie et ne regrette surtout pas de ne pas être au bureau à cette heure pour prendre une déposition de perte de papiers. Papiers souvent juste égarés, d'ailleurs.

Le reste de sa journée se résume à beaucoup de saisie informatique et la visite d'un jeune homme apprenti qui s'est fait frapper par son maître de stage, patron contre qui une main courante existe déjà pour propos violents. Une petite convocation demain lui remettra les pendules à l'heure, espère-t-on à la pause café.

Marina, sa collègue lieutenant, se rend à la salle de loisirs des Verchers-sur-Layon pour constater avec le maire délégué qu'une vitre a été cassée dans le week-end. Elle fait une enquête de voisinage qui ne donne rien et laisse sa carte sans grand espoir de retrouver le coupable. L'acte de vandalisme a certainement été commis de nuit et, évidemment, n'a pas été signé.

Elle s'est arrêtée à la boulangerie du coin pour acheter des pains au chocolat pour tout le monde au passage, geste qui réjouit les gars dont la balade matinale a réveillé l'appétit et permet un moment de convivialité loin des écrans d'ordinateur. On en profite pour parler de la mort du jeune Wodaski. Quelques-uns l'ont déjà croisé. Doué-la-Fontaine est une petite ville. Si la plaie a été faite avant sa mort, peut-être s'est-il cogné à une branche ? C'était quand même une belle entaille... Une pierre peut-être ? Ces gars-là se penchent tout le temps, ils travaillent pas mal au ras du sol, n'est-ce pas ? Mais ce gamin devait savoir nager, non ? Le Layon, ce n'est pas la Loire... Le légiste trouvera peut-être la preuve d'un arrêt cardiaque, d'une thrombose hémorragique ou d'un AVC ? À cet âge, c'est peu plausible ! Y avait rien de particulier sur le corps, si ce n'est qu'il était torse nu. Il ne faisait pas si chaud que ça la semaine dernière, avec l'humidité ambiante, qui se serait mis torse nu ? Peut-être avait-il peur de salir son tee-shirt ? Non, ça ne peut pas venir de la noyade, on n'enlève pas son tee-shirt avant de se noyer, gros malin !

À la fin de sa journée, Patrice rejoint son logement de fonction, pensif. Les circonstances de cette mort se noient dans un drôle de flou artistique...

5

Je ne sais plus très bien... Comment est-ce arrivé ?

Mickaël peut-être d'abord.

Oui, Mickaël. Il est mon premier amour. On s'est rencontré il y a dix ans. Au bal du Comité des Fêtes de Concourson, je me souviens. J'étais venue avec mes parents comme depuis des années. C'était en février. Il était venu avec sa bande de copains. Que des gars et des filles du coin. C'est tellement loin ! Depuis, il y a Léa et Louis. Comme il est mignon Louis avec ses bouclettes blondes. Léa commence à marcher avec assurance.

Mais c'est de sa faute aussi à partir toute la semaine comme ça !

Mais qu'est-ce qui m'a pris ? C'est le printemps, je suis encore si jeune ! J"aime la nature qui s'épanouit mais de là à en arriver à ça !

J'avais bien senti depuis quelques semaines que mes émotions faisaient le yoyo mais maintenant je souffre.

Comment est-ce possible ? Tout se mélange dans mon esprit. Plaisir et conscience.

Les nouvelles de ce matin sont terribles. Et je ne peux pas laisser exploser ma peine. Je l'ai appris dans le journal du jour. Il est mort. Mort, vous m'entendez ! C'est inconcevable.

Mais c'est la faute de Mickaël aussi. Jamais présent, toujours en déplacements. Je suis tombée. Une fois. C'est tout. Et j'ai été incapable de rester sereine. Quand j'ai découvert l'information, j'étais à la pause café, au bureau, à l'hôpital. Je me suis précipitée aux toilettes. J'ai pleuré. Pleuré pour lui, pleuré pour moi, pleuré toutes les larmes de mon corps. J'avais l'air fin en reprenant mon poste après la pause ! Chantal a bien vu que quelque chose clochait. Il a fallu que je lui raconte un bobard. Je lui ai dit que mon chien était mort. Je n'ai jamais eu de chien. Mickaël en voudrait un, lui. Mais moi, je ne supporte pas l'odeur des poils, je ne supporte pas l'idée de tout nettoyer tout le temps, de le faire garder quand on part. En même temps, on ne quitte pas souvent Concourson. Quel dommage ! Comme j'aimerais faire un voyage à l'étranger ! Découvrir de nouveaux horizons. Voilà, c'est ce qui me manque en fait : prendre l'air, aller voir ailleurs si l'herbe est plus verte. Pouvoir m'échapper quelques jours, quelques heures. Et surtout sans culpabilité.

Je ne vais pas pouvoir dormir cette nuit, c'est sûr. Elle va être encore plus belle ma tête au boulot demain !

Mardi 20 avril

6

Ce matin, au cours de sa balade, Émilie est à peine arrivée en bas de la rue Nationale que Jérémy la rattrape en VTT. Jérémy porte un vieux jogging gris, un sweat à capuche noir et des baskets qui ont dû être blanches, un jour...

— Bonjour madame Duval ! Vous allez bien ce matin ?

— Bonjour Jérémy ! Oui, tu vois bien, ça trottine comme d'habitude, dit-elle en agitant sa canne.

Jérémy est apprenti en boucherie depuis quelques mois. Émilie connaît bien sa mère, Marie. Elle est sympathique cette petite avec ses quatre garçons qui font les quatre cents coups dès qu'elle a le dos tourné. Ce petit, elle l'a vu grandir. Elle l'a même aidé à réviser pour son examen l'an dernier. Le patron de la boucherie de Saint-Georges-sur-Layon acceptait de le prendre mais uniquement s'il obtenait son diplôme de Brevet.

L'école n'est vraiment pas sa tasse de thé, il y a déjà redoublé une année en primaire. Mais l'an dernier, la motivation était grande et il avait été assidu à ses cours d'orthographe et de révisions en Histoire. Il s'était plié à leurs heures en commun et avait certainement gagné en maturité aussi. Comme elle avait été fière de voir son nom dans le journal le jour de la publication des résultats ! D'ailleurs, elle avait découpé la liste des reçus pour l'archiver soigneusement dans sa boîte de l'année ! Depuis, Jérémy ne manquait jamais de la saluer ou de lui apporter des œufs quand les poules de leur poulailler faisaient du zèle.

— Mais que fais-tu à te promener à cette heure ? Tu ne travailles pas ?

— Non, cette semaine, je suis en vacances ! Je n'ai pas cours ! Pas de CFA ! répond-il le sourire aux lèvres.

— T'en as de la chance, mon petit ! Comme c'est là tu t'en vas chez ta petite amie, toi, ajoute-t-elle avec un sourire en coin pour le taquiner.

— Mais non pas du tout, je vais pêcher ! réagit-il en montrant son attirail sur le porte-bagage bricolé derrière lui.

— Comment va ta mère ? Et tes petits frères ?

— Dylan a eu la varicelle ! Du coup, elle a dû prendre des jours de congé et elle est débordée au salon de coiffure, alors elle râle quoi, vous voyez !

— Vivement que ça grandisse tout ça…

— Ah et puis Cédric a été collé ! Je ne vous dis pas l'engueulade à la maison. Elle était furax ! Du coup, il est privé de console.

Émilie, pensive, se dit que ça aurait pu être lui, le corps de la rivière. Un terrible frisson lui parcourt le dos.

— Profite de tes vacances et ne ramène pas du poisson à préparer à ta mère, hein ? Mais, tu les remets à l'eau, non ?

— Oui, oui, ne vous inquiétez pas ! Je pêche en no-kill !

— Tout ton attirail, c'est surtout une excuse pour aller rêvasser au bord de l'eau, si je ne me trompe pas, dit Émilie en lui faisant un petit clin d'œil.

Jérémy ne lui répond pas mais acquiesce en lui rendant son sourire et remonte sur sa bécane d'un bond qui fait rêver les jambes d'Émilie.

Quand Émilie atteint la rive principale, Jérémy est déjà bien loin. Il doit aller là où elle ne s'aventure plus depuis longtemps, plus loin dans les champs. Quelle chance, ce matin un magnifique martin-pêcheur lui fait la joie de jaillir de l'eau au moment où elle s'en approche. C'est bon signe. Cet oiseau surnommé « joyau volant », symbole de fidélité conjugale, de bonheur amoureux, lui apporte le souvenir heureux d'Henri. C'est une belle fin de journée qui s'annonce !

7

Avant de s'en retourner chez elle, Émilie fait un détour par la boulangerie. La boulangerie du village a toujours été là. Elle a changé maintes fois de propriétaires mais il lui a toujours été possible d'aller acheter son pain à pied. Cette boulangerie fait aussi un peu épicerie. Mathilde et Jérôme, les propriétaires, dépannent chacun en farine, en charbon de bois au moment des barbecues de la belle saison ou bien d'un pot de moutarde un habitué qu'ils apprécient. Ils sont installés depuis une dizaine d'années, le boulanger précédent ayant sombré dans l'alcool et n'ayant plus rien d'un boulanger que son enseigne au moment où ils ont repris l'affaire.

Pour Émilie, ce lieu est important. Elle y recueille toutes les informations du quotidien, ce que d'autres font en sortant du travail, en s'arrêtant au bar. Elle pousse la porte qui grince à cause des graviers qui passent leur temps à entrer sans y être invités et pénètre dans la boutique tout en jetant un coup d'œil aux spécialités locales que Jérôme a décidé de mettre en valeur pour les premiers vacanciers de passage en ajoutant une étagère le mois dernier. L'eau de rose côtoie les pots de confiture et le savon. La saison touristique va démarrer et le couple va faire son chiffre d'affaires dans les six mois à venir. Ce n'est pas très propre et les murs sont vétustes mais les concoursonnais ont vraiment gagné au change ces dernières années, le pain de Jérôme est de bonne qualité et se garde bien.

— Bonjour Mathilde !

— Bonjour Émilie, comment ça va ce matin ? Vivifiante votre promenade ? Je vous mets une baguette ? Patrice vient déjeuner ? Vous avez lu ce qui s'est passé dimanche ? C'est atroce !

Impossible de commencer à lui répondre avant qu'elle ait terminé sa litanie de questions... La petite boulangère est comme ça. Programmée pour poser des questions aux clients mais elle écoute rarement les réponses tout en s'activant derrière son comptoir.

— Oui, j'ai fait ma petite promenade, je viens prendre une baguette pour mon neveu qui vient déjeuner, essaie de placer Émilie.

— Le pauvre gamin, noyé dans le Layon. Je ne crois pas que ce soit déjà arrivé... Vous croyez que c'est accidentel ? On m'a dit qu'il était blessé... C'est Gérard, tu sais le gars qui l'a trouvé, qui a dit ce matin à Jérôme qu'il avait une belle balafre sur la tête et qu'il était à moitié nu, tu parles d'un glauque. Noyé, pis amoché en plus ! En tout cas, y en a que ça va réjouir...

— Qui ça peut réjouir ? La mort de quelqu'un...

— Après tu gardes ça pour toi, surtout envers ton neveu, Patrice, qu'est gendarme. Je t'ai rien dit, hein ? Mais bon, moi à leur place, je chercherais quand même à savoir si ce n'est pas criminel ce décès... Comme par hasard, y en a que ça arrange, quoi ! Je ne dis pas que c'est un gars du coin, on est d'accord, hein ! Mais bon pour certains ça tombe bien, quoi ! Et puis, vous savez, c'est bizarre qu'un gars, qui arpente la nature comme lui, n'ait pas fait attention. Moi, je dis juste que ça me parait louche cette histoire...

René, l'air débonnaire, entre pour venir chercher son sac de pain pour son chien.

— C'est malheureux tout de même, ajoute Mathilde à l'adresse d'Émilie qui ramasse sa monnaie délicatement dans la petite soucoupe noire pendant que la boulangère hisse le sac destiné à René sur le comptoir.

— Oui, drôle d'histoire, répond Émilie tout en quittant les lieux sa canne dans une main, sa baguette dans l'autre.

Elle remonte la rue Nationale tout en songeant que la vie de village est bien étrange. Tout autant que les paroles énigmatiques de Mathilde. À qui pourrait profiter le crime ? Quel abruti aurait intérêt à aller jusqu'à tuer ce pauvre gamin ? Mathilde regarde trop de séries policières. Cependant, elle a bien enregistré un détail, l'homme était torse nu et il est vrai que cela pose question : le temps était couvert, ces jours-ci non ? Sans parler des grosses averses qui ont arrosé le village.

8

Il est 11h30. Cela fait déjà une heure qu'Émilie est derrière ses fourneaux. Une petite salade verte avec des œufs mayonnaise feront l'affaire en entrée. Elle fait elle-même sa mayonnaise depuis toujours. Maintenant, elle la prépare dès son réveil parce que, sinon, ça la fatigue trop de la faire en même temps que le reste du déjeuner. Patrice l'aime tellement qu'elle ne peut pas se résoudre à l'acheter… Tant qu'elle peut faire la mayonnaise, que son fouet tient la route, elle restera en forme. Le jour où elle ne pourra plus, elle demandera à rejoindre un Ehpad. C'est comme cela qu'elle voit les choses, ce n'est pas plus compliqué…

Elle lui a fait une escalope de veau panée avec des petits légumes et une crème brûlée. Rien de bien compliqué. Elle met la table devant les *Z'amours* sur France 2, Elle regarde avec nostalgie la serviette de table de Patrice. Elle l'a achetée quand il avait trois ans. C'est incroyable comme le temps passe vite. Cette serviette a sa place, là, dans ce tiroir. Heureusement que le jeune mort n'était pas Patrice, elle ne se remettrait pas que son neveu parte avant elle !

Il entre sans frapper. Depuis le temps, ce serait idiot. Il a apporté le dessert. Émilie gardera sa crème au frigo. Mais il est fort possible qu'il lui réclame à la fin du repas. Il ne vient jamais les mains vides. Il a été élevé comme cela. Émilie préfère quand ce sont des fleurs. Elle peut les regarder en pensant à lui le reste de la semaine.

— Tu m'as l'air bien réchauffé, toi ! En tee-shirt ! Au mois d'avril !

— Oui, ne te découvre pas d'un fil, complète Patrice en souriant.

Émilie lui sert un petit verre de Porto en guise d'apéritif et il ôte le bouchon mis sur la fillette de vin rouge ouverte la semaine dernière par lui-même et la pose sur la table.

Il aime la façon dont elle dresse la table pour deux. Sa serviette d'enfant à côté de son assiette, un petit vase avec deux ou trois fleurs glanées sur son chemin de promenade, une soucoupe avec un petit beurre individuel, la salière et la poivrière qui date des années soixante et le pichet d'eau en grès.

— Allez, assieds-toi et mange ! Je sais que tu as peu de temps devant toi ! Elle a aussi surtout envie de rentrer dans le vif du sujet... Ta femme va bien ? Pas trop de travail en ce moment ? Et les jumeaux ? Et Méline ?

— Ils attendent les vacances scolaires avec impatience... Méline a perdu une dent hier soir, alors la petite souris est passée, elle nous a réveillés dès six heures ce matin pour nous le dire !

— Oh ça grandit si vite ! Je la revois encore avec sa tétine rose et son doudou-lapin qu'elle traînait partout !

Vous pourriez venir déjeuner avec Virginie et les enfants, ça me ferait tellement plaisir !

Patrice se dit que leurs week-ends sont déjà bien remplis avec Virginie qui travaille un week-end sur deux et les matchs de foot des gars mais préfère accepter.

— T'appelleras Virginie, tu verras avec elle, ce sera plus simple.

— Et toi ? Comment ça va le boulot ?

— Tu es évidemment au courant. On a une affaire de noyade sur les bras.

— Oui.

— C'est un peu macabre de dire cela comme ça mais je suis plutôt content, j'en ai un peu marre de l'ordinaire ces temps-ci. Dimanche soir, un coup de fil, juste au moment où j'allais faire couler le bain de Méline, tiens ! Et depuis, ça n'arrête pas. Faut courir partout, enquêter, quoi ! Je vais te dire, l'idée de mettre un peu de piment dans mon quotidien me fait beaucoup de bien. Pour une fois, les deux jeunes chiens fous de la brigade vont faire quelque chose d'utile !

— Je sais que tu ne peux pas trop parler de cette histoire mais c'est un accident ou pas ? demande Émilie en se levant pour poser le plat de résistance sur la table.

— Bah, va y avoir une enquête.

— Mathilde, tu sais la boulangère, elle m'a dit que le pêcheur avait vu une blessure à la tête, c'est pour ça qu'une enquête est ouverte, non ? l'interroge-t-elle en le servant copieusement de légumes.

Il reconnaît bien là sa tante, une petite question innocente lancée l'air de rien...

— Je vois que tout le canton est déjà au courant des détails ! C'est bien la campagne, ça ! Oui, il était blessé, mais bon, tu vois, c'est peut-être un choc dû au déplacement du corps, avec la crue...

Il ment éhontément, il sait bien que ce n'est pas vrai. Et il a bien l'impression qu'elle n'est pas dupe.

— C'était qui ce petit gars ? Il était polonais, si j'ai bien compris. Tu sais que j'avais échangé avec lui en fin de semaine dernière ? Il avait un petit accent de l'Est que j'avais reconnu. Très sympathique avec son petit sac à dos et ses bottes. C'est quand même étrange qu'il se soit laissé emporter. Après, on ne sait pas, il a peut-être trébuché bêtement, ça glisse à certains endroits, surtout qu'il devait ramasser des plantes bien précises si j'ai bien tout compris. Il avait de la famille dans le coin ?

— On a fouillé son appartement et récupéré des contacts, oui. C'est compliqué, je crois qu'il va nous falloir un traducteur assermenté. Il est venu finir ses études sur Angers et il a trouvé un job dans le coin. Quel choc de voir ce mort, même si on est préparé. Je n'en ai pas vu beaucoup des macchabées dans ma vie... D'ailleurs, il ne faut pas trop que je tarde ce midi. J'ai un tas de paperasses et de coups de fil à passer.

— On passe au dessert, alors. Je ne veux pas te retarder.

— Oui, je t'ai pris un éclair au café comme tu les aimes mais j'aurais dû m'arrêter à la boulangerie d'ici, j'en aurais appris plus qu'à la gendarmerie, dit-il en plaisantant.

— Sûrement pas. Leur pain est bon mais alors les pâtisseries, beurk ! dit-elle avec une grimace amusante. Je préfère que tu les prennes chez Aubert, c'est bien meilleur ! Merci !

— Ah, je vois que la gourmandise ne s'atténue pas en vieillissant ! Allez, à mardi prochain Tati Émilie !

Une fois Patrice parti, Émilie pense qu'il est grand temps de faire une petite sieste, elle fera sa petite vaisselle plus tard, tous ces évènements l'ont épuisée et elle sait qu'une petite pause et ses mots-croisés seront propices à un meilleur fonctionnement de ses cellules grises pour le reste de la journée qu'elle va,

inévitablement, passer à cogiter tranquillement toutes
ces informations.

9

La caserne de gendarmerie de Doué-la-Fontaine a été construite dans les années 80, ses petits logements identiques lui donnent un air de village Playmobils, le bureau aux petites fenêtres grises trône face aux arrivants. Ses volets roulants ont quelques difficultés à obéir et l'exposition plein sud n'a pas vraiment été anticipée à la construction pour faire face aux dernières canicules. Même complètement fermés l'été, ils ne pallient pas à l'isolation des lieux qui reste médiocre. Devant la façade, le portillon n'est plus vraiment neuf, mais le haut-parleur continue d'inquiéter ceux qui se garent devant l'air décidé ou anxieux. Cet après-midi le parking est désert et seuls les véhicules de fonction sont visibles de l'extérieur.

La sonnerie du téléphone retentit déjà quand Patrice arrive devant son bureau. Ses clés s'agitent pourtant dans ses mains mais plus il se précipite pour pouvoir décrocher le combiné à temps, plus ces satanées clés glissent ailleurs que dans le trou de la serrure ! Il tombe sur sa chaise, déplie le bras et décroche en haletant, essoufflé par l'émotion ou par le copieux repas qu'il vient de prendre chez sa tante. Reprendre l'entraînement de foot ne serait pas du luxe mon gars, même si l'excuse des enfants en bas âge peut encore fonctionner quelque temps, il va falloir te refaire du muscle !

— Adjudant Patrice Lebon ?

— C'est lui-même.

— Je suis le commandant Moriceau de la compagnie de Saumur. J'ai des informations à vous transmettre concernant l'affaire Wodaski. Pas si blanc que ça votre salarié du PNR ! J'ai tout un rapport qu'on vient de me transmettre. Je vous l'ai envoyé par mail, il y a deux minutes. Par contre, vous verrez, y a quelques pièces en polonais. Mais la plupart sont traduites, ne vous inquiétez pas ! Faîtes bien attention à la presse qui fourre son nez partout, ne laissez rien fuiter pour l'instant. Tant que l'enquête est en cours, pas d'échanges même informels avec les journaleux du coin, hein ! Parce qu'après, on se retrouve avec plus d'emmerdes encore. Pas plus tard que la semaine dernière, avec une histoire de vieille voiture de collection retrouvée par des gamins, ils ont réussi à nous doubler en interrogeant un des gamins avant nous, vous vous rendez compte !

Patrice écouterait bien encore son supérieur se plaindre, ne serait-ce que par respect de l'autorité, mais il brûle d'envie d'ouvrir les documents et de savoir pourquoi Wodaski a fait l'objet d'un rapport de police.

— Merci officier Moriceau, j'y veillerai, je vais m'y mettre immédiatement. Je vous remercie. Oui, bonne fin de journée à vous, dit-il tout en glissant sa carte professionnelle dans le lecteur qui va lui permettre d'accéder aux documents transmis.

Patrice raccroche avant même que l'officier ait fini de le saluer.

Quelques clics, son mot de passe et le rapport s'ouvre enfin. En général, quand la machine ne fait pas de caprices, il imprime : il éprouve vraiment des difficultés à lire directement sur un écran. Il apprend que Marek Wodaski a été arrêté il y sept ans par la police polonaise dans une affaire de stupéfiants. Le gamin avait été retrouvé en possession de cannabis dans son établissement. Premier élément. Puis avait été entendu dans une affaire plus large de vente aux abords de son lycée. En effet, pas si blanc que ça le gamin ! Trois autres jeunes avaient été arrêtés et entendus. L'un d'eux a écopé de dix ans de prison ferme, il avait un vrai stock chez lui et avait été désigné comme le cerveau d'un trafic de grande ampleur. Ils ne sont pas tendres là-bas ! Le jeune Marek, si Patrice comprend bien la liasse qu'il a sous les yeux, a coopéré avec les autorités et a permis de confondre le chef.

Cela signifie qu'il va falloir aller fouiller de ce côté et peut-être travailler avec le commissariat de

Saumur qui est souvent présent à Doué pour arrêter des dealers, des consommateurs un peu trop gourmands...

Patrice voit tout de suite qui pourrait savoir si ce Marek vendait ou consommait quelque chose. Il va convoquer le petit Clément Guéret. Toujours à mettre son nez partout où il ne faut pas celui-là et surtout s'il y a quelque chose à fumer !

Ça tombe bien, la mère répond dès la première sonnerie. Oui, Clément rentre du lycée dans une demi-heure normalement. Elle s'affole. Non, il n'a rien fait cette fois-ci. C'est juste pour le rencontrer et lui poser des questions. Oui, elle peut l'amener à la gendarmerie dans une heure.

Patrice prendrait bien sa voiture de fonction pour aller chez eux mais il considère que les gendarmes ont déjà bien été assez vus comme ça à cette adresse. Pas la peine d'alimenter les commérages sur la famille Guéret, elle se débrouille assez bien toute seule. Quand ce n'est pas Clément qui agresse des migrants, c'est son frère Aldo qui revend des portables sous le manteau. On ne peut pas dire qu'ils soient aidés ces deux-là, le père est saoul du matin au soir et du soir au matin et la mère porte à bout de bras tout ce petit monde qui n'est même pas capable de lui apporter un peu de tranquillité en la laissant dormir la nuit.

— Clément, ça te dit quelque chose Marek Wolaski ?

— C'est le polonais, non ?

— Oui, si on veut. Comment tu le connais ?

— Je l'ai croisé au kebab une ou deux fois.

— Mais encore ?

— ... Bah, j'vois qui c'est, quoi ! Pourquoi ?

— Avec qui traînait-il ? Il était tout seul au kebab ?

— Ouais, je crois... Enfin, je ne lui ai pas trop parlé, quoi, je vois qui c'est. Voilà, c'est tout.

— Désolé mon gars, mais ça m'étonnerait que tu n'en saches pas plus, c'est difficile à croire te connaissant... C'est juste une enquête de routine pour boucler le dossier. Il n'y a rien de criminel là-dedans. Tu vois, je vais rencontrer la famille. C'est pour leur donner des infos, c'est tout ! Je ne t'accuse de rien.

— Ouais bah, je l'ai vu traîner avec la Cheville.

— Cheville ?

— Ouais, la Cheville, je ne sais pas son vrai nom, un gars de Forges. Mais après, je ne sais pas s'ils se connaissaient bien... Mais bon, je les ai vus ensemble une ou deux fois.

Patrice n'en tirera rien de plus aujourd'hui. La mère s'impatiente en se rongeant les ongles et il n'a aucune raison de le retenir plus longtemps. Il remercie, une fois n'est pas coutume, Clément pour sa coopération et se dirige vers ses collègues.

— Ça vous dit quelque chose la « Cheville » ? C'est qui ce gars ?

— Un mec de Forges, pas vraiment fréquentable à ce qui paraît, faudrait voir avec le commissariat de Saumur. Un petit trafiquant du coin, quoi !

Après un coup de fil rapide, il s'avère que la « Cheville » c'est Sébastien Couvert, arrêté plusieurs fois lors de descentes pour revente de cannabis. Si l'autopsie doit révéler une mort suspecte, Patrice devra garder cette piste pour la section de recherches. Pour l'instant, il a juste envie d'un bon café avant de rentrer dans son logement et d'aider les jumeaux à faire leurs leçons. Attention, prises de bec et bouderies en vue !

10

Je ne vais pas pouvoir m'en remettre. Quelque chose de fou naissait entre nous, c'est certain ! Je l'avais déjà rencontré une fois avant la semaine dernière. Le bibliothécaire lui avait demandé de venir faire une intervention pour les enfants un samedi matin. J'y étais avec Louis.

Le bibliothécaire faisait une animation sur le printemps et les livres de botanique. Il avait été tellement tendre avec Louis quand il lui avait demandé pourquoi les fleurs disparaissaient si vite. Il avait pris le temps de lui expliquer le cycle de la fleur, du fruit, de la graine. Ah, ce n'est pas Mickaël qui aurait donné des explications si simples et bienveillantes ! Comme je l'avais trouvé charmant et séduisant ! Je crois que c'est après cela qu'il était apparu dans mes songes régulièrement.

C'est par hasard qu'il est venu près de la maison, il y a une semaine. Il cherchait des herbes dans le jardin. Je n'ai pas vraiment retenu ce dont il s'agissait mais quelle fut ma joie de le revoir, vous n'imaginez pas ! Alors que j'étais en train d'étendre le linge, je l'ai vu marcher le long de notre propriété et sa démarche m'a intriguée. Il n'y a jamais personne ici à part le facteur. Il est venu vers moi, il m'avait reconnue. J'ai parlé de mon isolement, il a parlé de sa famille restée en Pologne et son isolement aussi. Je serai incapable d'expliquer comment on en est arrivé à s'embrasser. Ce baiser m'a semblé si naturel sur le moment. Il était gêné, moi aussi. Il a quitté la propriété précipitamment. C'est si mignon, si... Il a quand même laissé son numéro, pour les plantes...

Mickaël était en déplacement. Les enfants à l'école. J'ai fantasmé tout le reste de la journée sur mon canapé. De la culpabilité et du désir. Le lendemain, je l'ai rappelé. J'allais à Doué, je me suis arrêtée chez lui. On a fait l'amour dans son appartement. Je ne sais toujours pas pourquoi. J'ai ressassé tout cela dans les jours qui ont suivi.

11

Les pêchers sont déjà défleuris. Le printemps s'installe depuis quelques semaines. Un arbre prend le relais de l'autre dans sa floraison. Les oiseaux passent d'une branche à l'autre et ne savent plus où donner de la tête. Les abords du Layon se sont recouverts d'une herbe folle et drue. La sève monte à vive allure dans tous les végétaux et le paysage change presque d'heure en heure. C'est un véritable festival de couleurs et un concours de chatoiements sur l'horizon ! Les pluies diluviennes de la semaine passée et les températures douces sont venues encourager les graines encore hésitantes à pointer le bout de leur nez. Dans les jardins, les narcisses et les jacinthes ont laissé place aux pousses vigoureuses et prometteuses des pivoines et des dahlias.

Les plantes plus robustes de l'été se préparent à affronter la chaleur en bourgeonnant.

Dans les prés et au jardin, les jeunes pousses, fraîchement sorties de la menthe et du lierre, mettent toute leur énergie à envahir le plus d'espace possible quitte à étouffer la tige encore frêle d'une jeune bourrache ou d'un coquelicot pourtant motivé.

L'atmosphère s'est parée de vert. Chaque interstice de goudron ou de ciment un peu craquelé voit un nouvel élément de nature y tenter sa chance. La lumière se fait plus intense et les journées sont plus longues. Les pâquerettes ont parsemé de blanc les champs humides et verts.

Les lilas entrent en floraison en diffusant aux passants le doux parfum d'une humeur vagabonde à travers les clôtures et les murets du village. Chaque herbe, chaque pousse regorge d'énergie et entre en compétition avec ses congénères pour verdir le paysage. Les fleurs de pissenlit éparses qui se sont retrouvées là où elles sont par le plus grand hasard de Dame Nature viennent ajouter une touche de jaune pointilliste au décor joyeux de la saison. Les saules près de la rive se sont recouverts de chatons qui gisent nonchalamment sur le sol tiède et dressent une couverture molletonnée aux pas réjouis des promeneurs. La mésange s'affaire autour des jardins retournés pour le futur potager. Les tiges des iris qui ont échappé aux escargots se déroulent comme le cou des cygnes dans un ballet printanier. Chaque élément de la nature se prépare, à sa manière, à enluminer la belle saison.

Mercredi 21 avril

<h1 style="text-align:center">12</h1>

Émilie a mal dormi cette nuit. Malgré le soleil qui perce déjà à travers ses volets, elle a bien du mal à poser les pieds par terre. Une activité qui était un réflexe, une simple impulsion matinale, il y a encore quelques années, devient non seulement consciente mais lui demande de se concentrer et de fournir un véritable effort désormais. Sa hanche lui fait mal et le passage aux toilettes lui coûte. Cependant, téméraire, elle prépare son café, prend le temps de le déguster en regardant les mésanges s'activer devant la fenêtre qui donne sur son jardinet et passe à la salle de bains. C'est en passant le gant de toilettes sur son visage qu'elle se dit qu'il faut tirer au clair cette histoire entre ce que lui a confié la boulangère Mathilde et la mort du jeune polonais. Et si c'était une altercation qui avait causé cette blessure à la tête ?

En réfléchissant, elle peut imaginer une glissade au bord de l'eau, elle visualise le jeune homme voulant prendre en photo une plante et prendre le risque inconsidéré de chuter. Elle le voit tomber sur une pierre ou bien se cogner contre une branche basse. La ripisylve - nom savant de la végétation des bords de cours d'eau - n'est pas entretenue partout au bord du Layon. Un buisson de ronces ou un vieux tronc baignant dans le cours de l'eau a pu être à l'origine de cet accident.

Mais l'idée que cela puisse être un meurtre la met mal à l'aise et ne cesse de lui revenir à l'esprit. Pourquoi la boulangère a-t-elle parlé d'un gars du coin que ça arrangerait ? Qu'est-ce que ce pauvre viticulteur aurait à voir avec la mort de ce gamin ? En quoi, un inconnu, travaillant dans le village depuis à peine quelques jours pourrait avoir déjà des ennuis avec la population ? À moins que résidant à Doué, il ait eu maille à partir avec quelqu'un d'ici auparavant ? Toutes ses cogitations la troublent et viennent perturber son quotidien bien rôdé. Cependant, elle ressent aussi une certaine excitation à s'intéresser de près à cette histoire…

Et cela lui permet enfin de remplir une case manquante de sa grille de mots-croisés ce matin : « laisser son imagination s'abandonner à la rêverie » : gamberger !

13

Patrice a programmé ce matin de joindre l'employeur de Marek. Depuis quelques mois, Marek était en CDD comme agent du Parc Naturel Régional. Cette structure dédiée au patrimoine du territoire Loire-Anjou-Touraine apporte surtout un soutien technique aux collectivités et œuvre pour préserver et valoriser les richesses de la région. Il s'était rendu l'an dernier à la Maison du Parc à Montsoreau pour visiter une exposition sur les insectes avec ses jumeaux. Ils avaient aimé. Un certain Gilles Ormier était son chef d'équipe. Patrice a besoin d'en apprendre davantage sur sa mission. Ce gars était difficile à joindre et la secrétaire du Parc avait tenu à ce que ce soit lui qui prenne l'appel. Il l'aurait bien convoqué en audition mais il sent que cela va retarder ses investigations. Patrice ne connaît pas grand-chose à la flore et la faune du Parc dans lequel il vit pourtant. Il sait, en gros, distinguer un chèvrefeuille d'une mauvaise herbe et sait apprécier les balades en pleine nature depuis l'enfance. Il a peur de tomber sur un ponte imbu de lui-même et déconnecté de la réalité. Il s'avère que la conversation sera charmante.

— Allô ! M. Ormier, ici Patrice Lebon, adjudant de gendarmerie à Doué-la-Fontaine. Je vous appelle suite au décès de M.Wodaski qui était l'un de vos salariés.

— Oh oui, Marek, répond celui-ci la voix étouffée par l'émotion.

— Transmettez toutes mes condoléances à toute l'équipe, monsieur, c'est un drame dont on se passerait bien. Je vous appelle pour en savoir plus sur lui, sur ses activités récentes...

— Mais oui, bien sûr, très compétent ce petit jeune, répond son interlocuteur qui se fait plus loquace maintenant. Au début, il a eu un peu de difficultés à se faire à l'environnement local mais il était très minutieux.

Vous savez, son C.V. se distinguait vraiment des autres. En plus, il avait déjà un peu d'expérience, on l'avait déjà pris en stage pendant ses études. Qu'est-ce qui vous intéresse exactement sur lui ?

— Pour commencer, peut-être tout simplement, ce qu'il faisait au bord du Layon la semaine dernière.

— Il était sur un inventaire de *Veronica acinifolia*, des véroniques à feuilles d'acinos, si vous préférez. Il avait commencé depuis une semaine à peu près. Attendez, parce qu'il a fait plusieurs parcelles... Oui, c'est ça, il a commencé le 12, je crois. Après, autant au début, on les accompagne sur le terrain pour les former, autant, là, vous savez, y a presque six mois qu'il est... qu'il était chez nous. Son contrat se terminait à la fin du mois. Il a surtout fait de l'administratif cet hiver mais depuis fin mars, il était davantage sur le terrain.

Patrice se demande bien comment on peut mourir en ramassant des fleurs. Soudain, une illustration du *Dormeur du val* de ses cahiers d'école primaire lui revient en mémoire pendant que M.Ormier continue à parler.

— Il devait finir vendredi soir, même dès midi, m'avait-il dit. Comme il était aux trente-cinq heures, il avait son après-midi, normalement. Je lui avais dit que ce n'était pas la peine de repasser au bureau. Je devais le retrouver lundi matin. Ça nous fait une mauvaise presse tout ça ! Même si on n'y est pour rien...

— Il avait de bonnes relations avec ses collègues ? Avec vous ?

— Oh, oui, si j'avais eu le budget, j'aurais reconduit son CDD ! Pour un jeune tout frais sorti de l'école, il était très compétent, très efficace ! Vous savez en recrutant à l'ESA d'Angers, on est sûr d'avoir des jeunes avec une bonne formation. Il n'était pas très causant mais ce n'est pas ce qu'on leur demande. On préfère de bons techniciens de terrain. On a des animateurs ici pour parler au public !

— Vous n'avez pas eu vent d'informations le concernant qui pourrait nous être utiles ?

— Là, tout de suite, je ne vois pas ! Après, il était plus souvent avec mon collègue cet hiver.

— Pouvez-vous lui dire de nous rappeler si quelque chose lui revenait ?

— Mais, je croyais que c'était un accident... Pourquoi me questionner comme ça sur lui ?

— Je ne peux pas vous en dire plus mais je dois réunir le plus d'informations possibles à son propos. Je verrai sa famille qui arrivera dans quelques jours, au moment des obsèques. Avez-vous un message à leur transmettre ?

— Je serai présent avec les collègues. C'est important pour nous et puis, je ne pense pas qu'il ait beaucoup de connaissances dans la région. Bien que, il me semble, il était assez avenant avec les gens rencontrés au cours de ses prospections. L'image du Parc que donnent les salariés, c'est essentiel pour nous. Et il y mettait un point d'honneur !

— Tenez-moi au courant, je vous donne mon numéro de portable personnel pour me joindre sans passer par l'accueil, ok ? Je vous remercie pour votre collaboration, bonne journée à vous !

— Bonne journée également, au revoir, M. Lebon.

14

M.Ormier raccroche son téléphone et réfléchit. Marek avait quitté les bureaux jeudi dernier avec son matériel : son carnet de terrain, ses chaussures de randonnée et ses petits sacs de congélation. Il n'avait pas voulu de la carte préférant la localisation GPS de son téléphone. Il avait dit qu'il passerait acheter un sandwich dans une boulangerie de Doué qu'il fréquentait régulièrement, se souvenait-il, pour ses pains au chocolat pralinés.

Il avait la ligne du Layon à prospecter sur plusieurs kilomètres. La « ligne » c'est-à-dire, une longueur, c'est ainsi que dans le jargon, on nomme, le recensement des abords d'un fossé ou d'un cours d'eau. Depuis quelques jours, il ne passait au bureau qu'en fin de journée pour rapporter ses prélèvements et faire la saisie informatique de son inventaire.

Il ouvre leur base de données et zoome sur Concourson-sur-Layon. Oui, il avait bien renseigné toutes les positions des véroniques recensées sur le terrain. Il a accès aux dates et heures aussi. Il aurait pu proposer le parcours précis de Marek au gendarme qui venait de l'appeler mais, après tout, il ne lui avait pas demandé... Ces données n'étaient pas confidentielles. Il s'agissait d'un état des lieux pour préserver la biodiversité des zones humides. L'objectif est d'augmenter les connaissances du PNR. Il y a encore mille trésors à préserver au-delà des orchidées rares comme l'Ophrys Pyramidal ou l'Ophrys Abeille très présentes sur ce territoire. À cinq dans son service, il faut faire de bonnes journées pour exploiter toutes ces informations !

Il y avait plus de vingt ans que ce Parc Naturel Régional avait été créé. Lui, avait rejoint l'équipe dix ans auparavant très fier de contribuer à la préservation de communes du Val de Loire inscrites au patrimoine mondial de l'UNESCO. Il avait trouvé là une équipe accueillante et motivante. Il s'était installé avec son épouse et ses trois filles à Candes-Saint-Martin au bord de la Loire et y avait gagné en qualité de vie et en bien-être. Ses années parisiennes dans la recherche appartiennent désormais à une autre vie, dans un univers parallèle. Il aime tout particulièrement l'assistance aux projets d'aménagement. Accompagner le mouvement, les projets tout en conservant une grande vigilance sur l'indomptable volonté humaine à bouleverser constamment l'ordre de la nature. Il se sent aujourd'hui comme un gardien bienveillant. Cette mort arrive comme une ombre au tableau de ce printemps qui a si bien commencé. Il songe tout à coup, qu'il n'a pas ouvert le casier de Marek et que l'adjudant Lebon n'a pas pensé à cela non plus.

En arrivant dans la salle de pause, il se rend compte que les employés du Parc échangent autour de ce décès tragique. Quelqu'un a mis une enveloppe au tableau pour y déposer une contribution à une couronne mortuaire. Ils en discutent d'ailleurs. Pour Marek, il serait bienvenu de demander une couronne assez champêtre quitte à y glisser chacun une fleur des champs.

— M.Ormier, on se disait, pour Marek, tout le monde pourra assister aux obsèques ?

— Oui, tous ceux qui le souhaitent. Par contre, faites-moi une liste pour prévenir les ressources humaines et que je puisse savoir à l'avance si on ouvre ou pas cette demi-journée-là.

— Il était sympa ce collègue !

— On a échangé des playlists ensemble. C'était un fan de reggae comme moi !

— Quelle mort tragique quand même... C'est trop con parfois la vie ! Si jeune...

— Il avait une copine ?

— Je ne sais pas... Sa famille va sûrement venir de Pologne.

— Je sais qu'il y est allé pour Noël l'an dernier. Cette année, il devait y aller pour Pâques mais il n'a pas pu s'y rendre avec son contrat. Ce n'est pas la porte à côté. Bonjour le prix du billet pour rentrer au bercail !

— Je pense qu'ils seront présents pour la sépulture. Mais oui, pas évident de vivre loin des siens.

— Vous pensez que ça pourrait être un suicide ?

— Ne me faites pas dire ce que je ne dis pas ! Je dis juste qu'il était assez isolé, un petit appart dans une petite ville, un boulot dans lequel il était surtout seul, une famille et des amis peu présents. Moi, ça me donnerait des idées noires, j'ai besoin d'être entourée !

— C'était un gars plutôt enthousiaste, non ? Je sais qu'il aimait son boulot ici. Il avait très envie de poursuivre sur un autre contrat. Il sortait un peu et puis il revoyait régulièrement ses amis de promo. Certains habitent dans le coin. Non, c'est un accident bête et puis c'est tout.

— M.Ormier ? Ils vous ont dit quelque chose de plus les gendarmes ?

— Non, rien de plus, répond-il évasif. Il songe qu'ils sont vraiment débordés en cette période, qu'une demi-journée pour la sépulture va forcément l'obliger à mettre les bouchées doubles et qu'il faudra sans doute, renvoyer sur place quelqu'un pour finir le rapport à envoyer à la commission départementale.

15

Émilie a réalisé au réveil qu'elle avait oublié, la veille, de remettre à son neveu la carte postale trouvée dans la boîte à lettres de Marek Wodaski. Décidément l'âge et ses conséquences n'ont pas que des inconvénients. Elle aimerait parfois ne pas s'entêter à chercher un nom ou une date durant toute une journée, parfois une semaine, assurément. Mais, par contre, elle utilise aussi volontiers cette carte de la perte de mémoire pour ne plus se mouiller dans une conversation ou feindre un oubli quand cela l'arrange. Il sera donc facile d'attendre mardi prochain pour la lui confier.

La promenade de ce matin a été fructueuse. À la boulangerie, prétextant que Patrice avait englouti presque tout son pain pendant le déjeuner, et donc qu'elle devait revenir ce matin, elle s'est débrouillée pour se retrouver seule dans la boutique et tirer les vers du nez de la boulangère, l'air de rien, en rêvassant devant les gâteaux : le « y en a certains », « y en a qui » s'est bien vite transformé en un nom propre : Jean-Michel Leroc, viticulteur sur la commune !

En sortant, Émilie a croisé Jeannette qui lui a proposé de passer faire un scrabble après sa sieste.

Jeannette n'est pas très douée au scrabble mais c'est une excuse pour amadouer Émilie qui ne peut pas résister à une invitation à réfléchir tout en jouant. Alors qu'elle prépare son déjeuner, Émilie réalise que la fille de Jeannette a fait un séjour Érasmus il y a plusieurs années en Pologne. Elle lui en a parlé suite à une histoire qui lui était arrivée là-bas. Une histoire de papiers administratifs qui n'étaient pas en règle ce qui lui avait valu de rentrer de façon anticipée en France et surtout d'habiter chez sa mère quelques mois, complètement déprimée.

Elle trouvera bien le moyen d'avoir son numéro de téléphone et d'arriver à obtenir la traduction de cette petite carte. Il ne faut pas se faire d'illusions, il s'agit certainement d'un message de salutations tout simple envoyé par de la famille en vacances. Cependant, Émilie a le pressentiment qu'elle détient là un indice et cela lui confère une fierté digne de celle d'Hercule Poirot lorsqu'il découvre un détail que nul n'a perçu avant lui.

Une fois sa petite vaisselle faite et son linge mis à sécher, elle s'empresse de se rendre chez Jeannette. Elle est accueillie avec une bonne tasse de café et quelques petits gâteaux. Le plateau est en place. La partie peut commencer. Un premier tirage avec un X lui permet dès le début d'avoir l'avantage sur son amie. Elle peut se rassurer une fois de plus, elle emportera la partie facilement.

Tout en ouvrant le dictionnaire pour vérifier si son mot compte double est correct, Jeannette entame la conversation :

— Sais-tu que ma cave a été inondée ce week-end ? Heureusement mon gendre est venu mettre la pompe en route dimanche soir. Et puis, comme c'est déjà arrivé, tout est surélevé en bas. Chat échaudé craint l'eau froide. Mais j'ai toujours peur que l'humidité s'installe et remonte par les fondations ! Enfin, bon, c'est fait et je pense qu'on est tranquille pour cette année !

— Tu en as de la chance d'avoir un gendre si prévenant.

— Et à proximité ! Pour ça, je suis tranquille, si j'ai besoin de quoi que ce soit ils sont disponibles ! Même en pleine nuit, ils dorment avec leur portable, je sais que je peux appeler à tout moment. Mais toi, tu as ton neveu pas loin non plus ?

— Oui, bien sûr, après, il faudrait que je m'équipe davantage pour rester autonome. C'est dur de sauter le cap. J'ai l'impression que je vais devenir un vieux tromblon plus dépendant si je me fais aider, c'est idiot...

— Un qui n'aura pas besoin de se poser toutes ces questions, c'est le gamin qui est mort dimanche.

— Il est mort dimanche ? On en sait plus ?

— Je veux dire qu'on a retrouvé dimanche soir. Tu dois en savoir davantage toi, avec ton gendarme dans la famille ? J'ai rien vu de plus dans le Courrier de ce matin.

— Il n'a pas le droit de dire quoi que ce soit. Toi, je te vois venir, tu sais que nous nous sommes vus hier, répond-elle à son amie en souriant.

— Comme on vient de le dire, les jeunes générations nous rendent bien service, rétorque-t-elle en souriant aussi. Tu sais sans doute que, dans le village, une rumeur circule que Jean-Michel l'aurait amoché vendredi dernier.

— Mathilde, cette boulangère à la langue bien pendue, m'en a touché deux mots hier, t'en sais plus toi ?

— Il paraîtrait qu'il l'a chopé sur ses terres vendredi matin. Enfin ? C'est ce qu'on m'a dit... Tu vois bien, lui qui est au petit verre de blanc au comptoir dès l'ouverture du bar, il devait déjà en tenir une bonne ! Tu vois l'oiseau ? Bref, Mathilde a appris que Jean-Michel, tu sais le gars qui a une partie de ses vignes du côté des Verchers, de la famille Leroc, tu vois ? Y paraît qu'il s'est pris le bec avec le petit jeune vendredi !

— Ah ! se contente de réagir Émilie en la regardant dans les yeux pour que Lucienne poursuive et se sente assurée de son attention.

— Elle a appris ça par Nathalie, tu sais la femme à Maurice. Au bar, vendredi soir, il s'est vanté de l'avoir secoué un peu. Il était plein comme d'habitude, il a raconté à qui voulait bien l'entendre qu'il avait rabroué le gars copieusement.

— Pourquoi ?

— Je crois que c'est au sujet de son étude de terrain, y veut une déviation, lui, tu vois. Alors, il n'a pas envie qu'elle soit retardée. Il n'aime pas trop l'administration. On lui a dit que les travaux commenceraient l'année prochaine, y veut pas de retard dans ses plans. Il a acheté le terrain du futur rond-point pour monter un magasin de grossiste en vin. C'est le gamin qui a pris toute sa frustration.

— Je ne savais pas.

Elle ne savait pas que Jean-Michel avait des projets de cette envergure. Cela doit venir de sa femme, Gislaine, pense-t-elle. En permanence dans les bons coups, celle-là. Elle a dû encore lui dire qu'il ne gagnait pas assez pour payer les études du petit dernier. Comment s'appelle-t-il déjà ? Baptiste, ah oui. Il fait ses études à Nantes dans une école de commerce qui n'est pas donnée à ce qu'il paraît. Mais ils ont fait une bonne année encore les viticulteurs, l'an dernier, non ? À moins que maintenant qu'elle n'a plus les enfants à la maison, elle souhaite tenir elle-même ce magasin... Il n'a pas la tête sur les épaules, ce pauvre gars. Elles se souviennent vaguement de ses affres dans sa jeunesse. Il avait mis le feu à une grange pour se faire mousser devant ses amis, il avait, quelque temps plus tard, emprunté et cassé une machine agricole chez un voisin. Il n'avait jamais reconnu ses torts alors que tout le monde savait que c'était lui, ça avait fait toute une histoire. Il s'était retrouvé sans copains de beuverie le samedi soir. Et puis, il avait rencontré cette Gislaine de Vihiers, s'était marié, avait repris l'exploitation de ses beaux-parents et s'était refait une place dans la commune. Il est conseiller municipal maintenant.

— On médit, on médit, mais notre partie n'avance pas ! lance tout à coup Lucienne.

Émilie songe que, quoiqu'il se soit racheté une bonne conduite, un menteur et un couard reste peu digne de confiance même vingt ans plus tard. Ce que la police appellerait des antécédents peu glorieux

16

Tout le monde est à pied d'œuvre sur l'enquête. Patrice est satisfait de constater que chacun s'investit.

— Et la voiture du gars ? Ça donne quoi ?

— Pas de nouvelles de ce côté-là malheureusement, répond Patrice qui a très envie d'en savoir plus et que l'affaire ne remonte pas sans lui entièrement vers la section de recherches.

Il décide de se renseigner lui-même avant que sa hiérarchie ne mette le grappin sur les résultats.

— J'y vais les gars, annonce-t-il à ses collègues sans les avoir avertis au préalable de sa sortie.

Ils sont tous très occupés par cette histoire de dégradation de fenêtre pour laquelle il semble y avoir un tuyau sérieux. C'est le bon moment pour leur fausser compagnie sans donner trop d'explications. Il emmène Vincent, un des petits nouveaux, qui traîne sur son portable depuis une heure, l'air vaguement intéressé par ce qui se passe dans le bureau.

Une fois dans la fourgonnette, il lui explique qu'ils vont sur Saumur, en apprendre plus sur le contenu de la Clio blanche de Marek retrouvée sur le parking de la salle des fêtes de Concourson. Vincent reste les yeux rivés sur son téléphone et Patrice profite du temps du trajet pour réfléchir. Qu'ont-ils bien pu trouver d'intéressant dans son véhicule, pourquoi n'a-t-il pas reçu leurs conclusions ? Il préfère imaginer que c'est parce qu'ils ont trouvé un indice intéressant plutôt que parce qu'ils n'ont rien à signaler.

À peine garé, le responsable sort de sa guérite à la vue du fourgon de gendarmerie. Tant mieux c'est Gérard qui les reçoit. Ils se connaissent, il a déjà eu affaire à lui ces derniers mois quand ils avaient retrouvé une voiture abandonnée sur un chemin de Louresse.

— Je croyais que c'était la section de recherches qui reprenait le flambeau ? Dis-donc c'est vrai que ça pourrait être un meurtre votre truc ? Bon, content de te voir, toi ! dit-il en serrant généreusement la main de Patrice. Ça faisait un bail ! Toujours tranquille dans votre brigade à Doué ?

Gérard, plutôt lent d'habitude - il est du genre à ne pas pouvoir écouter une information et la noter en même temps - semble avoir un sacré regain d'énergie devant Patrice. Il veut sûrement en savoir plus sur ce qu'il a pu lire dans les journaux.

— Alors, as-tu trouvé quelque chose dans la voiture, Gérard ?

— Tu ne devineras jamais ce que j'ai découvert ! Et encore t'as de la chance, c'est moi qui l'ai auscultée ta Clio. Ce n'est pas mon collègue qui aurait trouvé ça !

Bon bah, je t'ai pas fait la révision, hein ! ajoute-t-il en riant.

— Vas-y balance ! C'est quoi ton scoop ?

— Mais je laisse traîner le suspens, mon gars... Viens voir ce que j'ai trouvé sous le tapis dans le coffre.

Il les entraîne dans son bureau et pousse nonchalamment une immense pile de papiers sur son bureau.

— Alors, où est mon rapport...

Patrice et Vincent, soudain mis en éveil par leur interlocuteur, sont toutes ouïes et échangent un regard complice sur le bazar monumental qui s'étale sous leurs yeux.

Gérard fait mine de chercher dans son ordinateur puis réalise que le document papier est sur son bureau.

— Alors, les papiers du véhicule, acheté il y a trois ans à Angers, tout est réglo là-dessus... Assurance en règle aussi. Dans la bagnole, rien de particulier, des chaussures, un reste de sandwich, des papiers de bonbons à la menthe et une bouteille plastique. Rien de significatif. Par contre, sous le tapis du coffre, avec la roue de secours, un petit sac de marijuana, quand même ! Et quand je dis un petit sac, soit il avait une sacrée consommation personnelle, soit ce n'était pas que pour lui !

Patrice est de plus en plus conforté dans son idée que cette mort est liée à la drogue. Une intuition née hier déjà qui se confirme aujourd'hui. Vincent demande à voir. Est-ce qu'il ne voudrait pas en subtiliser un peu au passage, Patrice a des doutes. Vu la tronche que fait ce petit jeune le lundi matin, il ne serait pas étonné qu'il teste les millésimes du coin le week-end.

<h1 style="text-align:center">17</h1>

Avec tous ces ragots et souvenirs autour du viticulteur qu'Émilie estime, d'ailleurs, tout à fait capable d'avoir tué quelqu'un, surtout si c'est pour plaire à sa femme, elle en a oublié de demander à Lucienne le numéro de sa fille. Ce n'est qu'une fois rentrée chez elle qu'elle retrouve la carte postale et son mystérieux message en polonais posée sur sa commode.

— Allô, Lucienne ?

— On a passé un bon moment toutes les deux, faudra remettre ça très vite ! Qu'est-ce qu'il t'arrive ? T'as laissé quelque chose à la maison ?

Émilie considère que ces moments de réflexion au jeu tout en se livrant à des jacasseries diverses la fatiguent beaucoup depuis un an ou deux mais elle répond poliment :

— Oui, oui, bien sûr ! J'aurais besoin d'avoir le numéro de Delphine, tu sais ta fille qui parle polonais.

— Pourquoi ? Tu pars en vacances ? demande Lucienne amusée.

Émilie n'a aucune envie de lui faire part de la véritable raison de son appel, un petit mensonge fera l'affaire :

— C'est pour mon voisin, il a commandé un machin sur l'internet, tu sais par l'ordinateur. Et l'appareil est arrivé avec une notice uniquement en polonais ! Il s'est débrouillé mais il voudrait quand même traduire une ou deux phrases. Tu crois qu'elle accepterait ?

— Mais oui ! Ça lui fera plaisir de rendre service ! Qu'est-ce qu'elle avait aimé ce pays ! Attends, je te donne ça...

Émilie raccroche, après avoir écouté, à nouveau, les louanges de Lucienne sur sa progéniture, alors qu'elle sait très bien que mère et fille échangent vraiment très peu.

Elle sourit, fière du stratagème qu'elle a improvisé pour obtenir ce renseignement.

Le coup de téléphone à la petite Delphine est un peu plus laborieux. Elle la dérange, on est mercredi, elle garde les enfants, oui, elle se souvient un peu du polonais. Non, elle ne peut pas lui envoyer de photo du texte avec son téléphone portable. Elle n'en possède pas. Elle se met à lui dicter les lettres une par une et lui propose de prendre son temps pour traduire, elle s'excuse de l'avoir dérangée et raccroche.

Le téléphone est une belle invention pour perturber le fil de la pensée et casser la tranquillité du quotidien, oui ! Les lettres, ce n'était pas pareil. On pouvait décider de l'heure à laquelle on avait envie d'ouvrir sa boîte aux lettres, se préparer avec le cachet de la Poste, tourner autour avant de se décider à ouvrir son courrier. Ah oui, assurément, elle avait fait un beau métier !

Jeudi 22 avril

18

Émilie a la bonne surprise d'être rappelée dès le lendemain matin par Delphine.

— Vous m'avez dit que c'était sur une carte postale, c'est bien ça ?

— Oui.

— C'est bizarre comme message pour ce type de courrier. Ça m'intrigue votre histoire...

Émilie est de plus en plus impatiente d'en avoir la traduction et espère que la fille de Lucienne ne posera pas trop de questions.

— J'ai traduit comme cela : *Même si tu es loin maintenant, je te retrouverai ! Tu ne vas pas t'en sortir comme ça !*

— Oui, en effet, drôle de carte. Émilie n'a pas envie d'en révéler davantage sur la provenance de sa demande. Surtout qu'elle ne s'attendait pas non plus à ce genre de texte ! Elle ne fournit pas d'explications, prétexte que quelqu'un sonne à sa porte et abrège la conversation.

Et la signature ? Là ce n'est pas facile se dit Émilie, on dirait *Adam* ou *Adrian*, on n'y voit pas grand-chose. Même en ayant sorti sa loupe de son grand tiroir, elle voit bien qu'il s'agit plutôt d'un prénom, qu'il commence par un A sans nul doute mais le gribouillis hésitant qui le suit ne permet pas d'être certain du reste. Il n'y a pas de nom de famille, juste un prénom illisible, c'est donc qu'ils se connaissaient bien !

Elle est ennuyée, elle ne reverra pas Patrice avant mardi. Et elle se retrouve en possession d'une pièce à conviction. Toutes ses certitudes sur l'implication de

Jean-Michel sont remises en question et volent en éclat tout à coup. Elle était pourtant certaine que le coup, peut-être mortel, avait été porté à Concourson-sur-Layon, elle prend soudain conscience que l'affaire est plus vaste. Elle a donc une portée internationale ! Européenne, disons. Tout le film qu'elle avait échafaudé sur le coupable idéal se rembobine lentement. Tu ne vois pas plus loin que le bout de ta rue, ma petite vieille !

Après réflexion, cette carte est arrivée le lundi 19 avril. Si son expéditeur semble prévenir du sort peu heureux qu'il réserve à Marek, il s'agit de menaces qui n'ont pas pu être mises à exécution avant la réception de la carte. À moins que la Poste ait mal fait son travail, ce qui arrive malheureusement souvent, elle le sait bien. Le cachet indique le jeudi 12 avril, elle a été postée à Chelm. Émilie sort son vieil atlas de sa bibliothèque et cherche cette ville sur la carte de la Pologne, une ville de plus de soixante mille habitants doit certainement avoir un service postal performant ! Mais il s'agit d'une carte postale et elle sait, par expérience, que ce type de courrier n'est absolument pas prioritaire. Elle sait qu'une carte postale envoyée au même moment qu'une autre peut parfois mettre deux fois plus de temps à parvenir à son destinataire. Cela laissait amplement le temps à cet Adrian ou Adam de voyager vers la France finalement. Elle en déduit donc qu'elle détient entre les mains, une preuve capitale ! Elle s'assoit dans son fauteuil près de la fenêtre et oublie que la machine à laver tourne et que la factrice va passer. Elle oublie qu'elle a lu dans le journal que le ramassage des poubelles allait changer de jour dans la semaine, elle oublie que le voisin doit passer ce matin lui rendre un roman policier, elle oublie tout son quotidien. Pourquoi a-t-elle conservé cette carte ? Pourquoi a-t-elle voulu faire la maligne en cachant sa découverte aux gendarmes ? Elle se sent ridicule et considérablement diminuée. Reprends-toi ma vieille, tu as oublié de lui en parler, et puis tu vas pouvoir te mêler à l'enquête de ton côté, ce qui te réjouit en ton for intérieur, ne te mens pas. Et si les premières investigations concluaient à une mort accidentelle ? Tu te serais affolée pour rien. Son cœur palpite dans sa poitrine et elle a du mal à distinguer si c'est la peur ou l'excitation qui l'accélère à ce point ! Quelle décision prendre maintenant ?

Ses divagations sont interrompues par Jean-Marie, le voisin, qui vient rendre le roman mais surtout lui faire un brin de causette. On parle de la pluie et du beau temps, des derniers événements de la commune, des poubelles. Émilie est en pilotage automatique sur les politesses de bon voisinage mais a surtout hâte de se retrouver à nouveau seule et de pouvoir faire un choix judicieux.

Elle déjeune sur le pouce et décide qu'elle gardera cette information pour elle tant qu'elle n'est pas une entrave à l'enquête. Ce gamin est mort noyé, il n'y a pas besoin, de surcroît, d'embêter la famille avec ce courrier qui ne fera qu'aggraver une situation déjà dramatique ! Cependant, elle a envie de retourner dans l'appartement et d'y porter un regard nouveau, à l'aune de ce nouvel élément. Lucienne sera certainement disponible cet après-midi.

19

À son arrivée au bureau, Patrice reçoit enfin le relevé téléphonique du portable retrouvé sur le cadavre. Le document l'informe que l'analyse complète -qui consistait aussi à relever le contenu de ses applications et de son répertoire- est compromise. Comme l'appareil trouvé dans sa poche avait pris l'eau, si l'opérateur avait rapidement confié la liste de ses appels, le reste semblait délicat. Le document fait état, pour ces derniers jours, de peu de communications à part un appel à la pizzéria du coin et un appel reçu la veille de son conseiller bancaire. Le seul indice vaguement intéressant est le contact de quelques jeunes douessins peu recommandables. Il élimine également les conversations professionnelles avec M.Ormier. Le vendredi 17 à 7h30,

Marek a reçu un appel dont il n'arrive pas à identifier la provenance. Ce n'est, sans aucun doute, ni une administration ni un spam à cette heure-ci ! Le numéro ne correspond pas non plus à un contact mais il vient de l'étranger. Il a répondu. L'appel a duré 7 minutes. Qui appelle quelqu'un qui n'est pas dans ses contacts dès potron-minet ? Le numéro venait d'un téléphone pré-payé, il lui est donc difficile de retracer l'appel.

Patrice est de plus en plus convaincu que la victime était louche. Vincent, installé dans le bureau d'à côté, à qui il partage ses doutes, lui répond que « celui qui cherche trouve » et qu'il devrait attendre le rapport définitif de l'autopsie avant d'imaginer des scénarios dignes d'une série policière ! Patrice admet qu'il aimerait que cette mort ne soit pas un simple accident idiot, mais qu'elle ait une explication plus romanesque. Il aimerait aussi, pour une fois, dénouer un mystère plus excitant qu'un portail abîmé par un voisin ou un chien qui aboie toute la nuit. Pour l'instant, il fait le job, il consigne tout son travail, notifie les heures, les noms, les déplacements. Il garde ses réflexions pour lui.

20

Ma culpabilité ne fait aucun doute. Je l'ai tué. J'aurais dû écouter mon intuition et ne pas suivre mes pulsions. Qu'est-ce qui a pu me passer par la tête ? Et l'idée de préparer un pique-nique pour notre déjeuner ? Comment ai-je pu délaisser mon devoir de femme et d'épouse et imaginer un moment idyllique, croire qu'une parenthèse était envisageable ? Encore une fois, c'est de la faute de Mickaël... S'il n'était pas parti jusqu'à samedi cette fois ! J'avais déjà « fauté » une fois, une de plus m'a semblé si logique et si facile.

Je n'ai jamais préparé un déjeuner avec autant d'amour pour mon mari. Je n'avais pas dormi de la nuit. Je ne m'étais pas remise de nos ébats, je pleurais tout en souriant depuis ma visite chez lui. J'étais toute excitée à l'idée de notre rendez-vous bucolique. Je vous jure, je pouvais déployer une énergie folle ! Midi au pont du Canal de Monsieur. Il serait sur son lieu de travail et mon petit Louis resterait manger à la cantine. La météo n'annonçait pas vraiment un temps à déjeuner sur l'herbe mais notre intention était de passer un moment ensemble avant que tout s'arrête, avant d'être rattrapés par la réalité. Je me sens tellement démunie aujourd'hui ! Qu'avais-je espéré, qu'avais-je attendu bêtement de cette relation sans lendemain ? J'ai l'impression d'avoir fait l'amour avec un corps inerte maintenant. Un torse chaud et couvert de mes baisers qui est devenu l'image sombre d'un corps sans vie, sans les soubresauts que j'avais ressentis intensément.

Aujourd'hui, le cœur que j'ai mis dans la préparation d'un cake au jambon, dans lequel j'avais pris soin de glisser du persil cueilli au fond du terrain pour lui faire plaisir, m'angoisse. Quelle idée, quelle perte de temps à choisir des herbes sauvages pour lui !

Heureusement que le ridicule ne tue pas ! Il est temps que je sorte des toilettes si je ne veux pas que la secrétaire se pose de questions idiotes sur mon humeur du jour.

C'est la vie, tu as eu ton moment de grâce, de volupté volée à ton quotidien. Tu vois comment ça s'est terminé ! Tu es juste bonne à regarder tes enfants grandir et attendre la retraite patiemment dans ce mariage sans passion et constamment remis en cause par les factures qui s'accumulent et le robinet de ta salle de bain qui goutte !

21

Dès le premier petit café de la brigade, à dix heures pétantes, le verdict est tombé. Le rapport officiel du légiste est formel. Les lésions à la tête ont bien été reçues avant la mort de l'individu. Vu l'état du crâne, le coup lui a été fatal. L'eau est entrée dans des poumons qui ne fonctionnaient déjà plus malheureusement. Impossible que cette blessure ait été causée par accident. Il s'agit d'un coup violent, orienté pour provoquer une blessure grave. Ce n'est pas un bout de bois flottant qui aurait pu écraser cet os, ni une glissade au bord de la rive. C'est le sphénoïde, un os pariétal, qui a morflé, complètement brisé à ce qu'ils disent. Il a fallu une barre à mine ou une grosse pierre pour en arriver à ce résultat. Dans son estomac ? Rien de particulier : un repas frugal peut-être de la veille. Mais le contenu du bol gastrique n'a pas encore été analysé. Les analyses de sang ne révèlent pas de trace de THC mais les analyses de cheveux témoignent d'une consommation plus ancienne et régulière de cannabis. Cela recoupe, en effet, la découverte faite dans la voiture commente le reste du groupe aggluginé autour de l'écran de Patrice.

Une fois l'excitation du moment retombée, Patrice reste songeur : si la mort est un meurtre avéré c'est la section de recherches qui va prendre la direction de l'enquête. Adieu adrénaline et journées mouvementées, adieu investigations et interrogatoires libres. Il y avait pris goût ces derniers jours. Finalement, il a surtout bien préparé le terrain pour la suite des opérations.

Un coup de fil de son supérieur une heure plus tard, alors qu'il n'a rien engagé ni commencé depuis, vient éclaircir ses pensées.

— Adjudant, sous-officier, Lebon ?

— Lui-même.

— Le parquet a ouvert une enquête. Vous êtes associé à l'enquête de la section de recherches sur l'affaire Wodaski. J'ai lu les rapports que vous avez déjà consignés, vous leur serez d'une aide précieuse. La découverte de la mort remonte à dimanche, il me semble, il est temps de faire avancer l'affaire. On a perdu du temps avec ce rapport d'autopsie qui n'avançait pas ! Le médecin chef qui devait le signer était en congé, en vacances à Cuba paraît-il, et évidemment il n'est pas remplacé, quel merdier ! Je vous mets en relation avec l'officier qui sera chargé de l'enquête. Je viens de raccrocher avec le procureur. On va démêler tout ça. Allez, bonne journée !

Le suivi de l'enquête par la section de recherches a son intérêt : elle sera habilitée à étendre ses enquêtes au-delà de nos frontières, ce qui peut s'avérer très utile avec ce polonais. Patrice ne peut s'empêcher de chantonner tout l'après-midi à la grande surprise des autres qui voient plutôt dans la décision de ce renfort, un prétexte pour être surveillés par la hiérarchie dans leurs activités habituelles. Lorsque la commandante de la section débarque en fin d'après-midi, toute la brigade rentre le ventre et fait semblant d'être particulièrement occupée, Vincent fait du zèle en lui proposant des petits gâteaux avec son café et lui sert avec un sourire mielleux difficile à interpréter.

— Vous me faites votre propre topo sans blablas administratifs, j'ai déjà lu tout ça, demande-t-elle agacée, après avoir écouté sagement Patrice relire et détailler tous les éléments de l'enquête.

— Pour moi, il y a une histoire de drogue là-dessous. Un gars, venu de Pologne, amoureux des plantes, qui s'y connaît même rudement bien apparemment, avec de quoi fumer et plus si affinités, bien caché dans sa voiture. Je ne crois pas me « planter » en allant dans cette direction, dit-il avec un sourire en coin.

— Pour aller jusqu'à le tuer, hum... Vous avez cherché une plantation ?

— Non, mais je vous suis dans cette hypothèse. C'était dans mes « plans » plaisante-t-il à nouveau. Mais la commandante ne décroche pas de son visage figé et froid et ne réagit pas à ses jeux de mots.

Vu l'attitude fermée et rude qu'elle dégage, même nue et sans uniforme elle doit ressembler à un gendarme !

Les consommateurs de Doué vont être convoqués plus sérieusement à nouveau, on décide d'éplucher les dernières saisies et découverte de cultures illégales en emmenant chacun quelques dossiers pour la soirée et on se dit à demain.

Patrice est ravi d'assister les leçons des enfants ce soir. Il se sent ragaillardi par la tournure que prennent les événements. La petite Méline est adorable pendant le dîner et il est heureux de protéger ses jumeaux qui un jour ou l'autre seront sollicités pour goûter un joint à la sortie du collège. Il est un bon père de famille, un bon militaire et ce n'est pas Virginie qui se plaindra de ses « bonds » cette nuit.

22

Émilie avait déjà éprouvé des remords en regardant Jean-Pierre Pernaut avant sa sieste. Elle ne devait pas rester en possession d'une preuve. C'est quand ensuite, tout en faisant ses mots croisés, elle était tombée sur la définition *dérober avec adresse* du mot *subtiliser*, qu'elle avait compris qu'elle devait absolument remettre le courrier là où elles l'avaient trouvé en début de semaine

. Elle décide donc de téléphoner à Lucienne qui décroche au bout du deuxième appel.

— J'étais aux toilettes ! C'est tout le temps la même chose, le téléphone sonne toujours quand je suis au petit coin, ça te fait pareil toi aussi ?

— Oui, oui, dis-moi Lucienne, je n'ai pas donné à Patrice la carte postale trouvée dans la boîte aux lettres de ton locataire mardi midi et maintenant, je trouve ça gênant de l'avoir sous les yeux sur ma commode. Tu ne serais pas ennuyée que je vienne cet après-midi et que nous la remettions à sa place ? Tu feras mine de la découvrir en même temps que la famille si jamais on te demande de regarder.

— Figure-toi que tu tombes bien. Y a une grande dame blonde en uniforme qui a voulu que je lui ouvre l'appartement tout à l'heure. Elle est restée quoi, cinq minutes et elle est redescendue en gardant les clés, elle a dit qu'elle reviendrait demain avec une équipe d'unité de... je ne sais quoi, pour une perquisition.

— Bon, je la ramasse dans mon sac, je saute dans ma voiture et j'arrive ma vieille !

Un quart d'heure plus tard, accoudées toutes les deux à la porte d'entrée, elles prennent des mines de petites filles amusées à l'avance par une bêtise qu'elles vont commettre. C'est sur la pointe des pieds, dans la mesure où la canne d'Émilie le permet, qu'elles traversent l'entrée vers les boîtes aux lettres de Lucienne et de sa location. Un regard par la porte d'entrée vitrée, pour vérifier que personne ne peut apercevoir leur forfait, et la carte est restituée à sa place initiale ! Elles rient de bon cœur en se rendant compte de leur cinéma et s'offrent un Caro pour se remettre de leurs frissons fugaces.

— As-tu eu des visites pour lui ? demande innocemment Émilie qui aimerait savoir si l'expéditeur de la carte s'est manifesté.

— Non, non, j'ai même rouvert la boîte avant que tu n'arrives, y a rien dedans à part le magazine de la commune.

— C'est étrange cette nouvelle visite des gendarmes. Si ce n'était qu'une chute accidentelle, auraient-ils besoin de faire une perquisition demain ?

— Tu m'as dit que c'était une dame d'une autre brigade, c'est ça ?

— Elle n'a pas été bavarde, attends, j'ai noté son nom madame Lambert. Ça avait l'air officiel, tu vois...

Tout en bavardant, Émilie se garde bien de parler de la traduction du courrier qu'elle a mémorisée par cœur comme l'aurait fait une espionne.

— Tu me tiendras au courant, hein ? Peut-être en saura-t-on plus par le journal demain. Je ne veux pas appeler Patrice mais ça m'a tout l'air de se corser cette histoire...

Elles échangent ensuite sur le dos de Lucienne qui la fait horriblement souffrir depuis le début de la semaine et sur le médecin qui est bien gentil et qui lui a donné de quoi dormir aussi avec tous ses tourments récents ! Émilie sait aussi que Lucienne était rassurée jusqu'à aujourd'hui d'avoir quelqu'un qui dormait dans ce grand bâtiment et qu'elle doit être angoissée à l'idée de loger seule. Même si elle le croisait peu, sa présence devait suffire. Elle espère que l'agent immobilier qui gère son appartement n'aura pas de mal à le relouer. Il n'est pas mort dans les lieux non plus, c'est une chance, sinon bonjour la mauvaise publicité !

En saluant son amie, elle croise, à nouveau, la femme du garagiste de Soulanger sortant de chez l'esthéticienne. Elle se fait faire les ongles plusieurs fois par semaine ou alors ? Elle n'a pourtant pas l'air si coquet ! Comme les femmes sont étonnantes de nos jours ! Heureusement qu'elle a la télévision et la radio, sans cela, elle ne serait pas capable, d'elle-même, d'imaginer, les terribles contraintes que celles-ci s'imposent : des épilations régulières partout, des pilules contraceptives de générations toujours nouvelles, des régimes toujours très innovants, des performances dans tous les domaines, ce qu'elles appellent de la charge mentale. Mais à quel moment ont-elles oublié la révolution sexuelle ? Elle n'avait pas eu tous ces dilemmes peut-être parce qu'elle et Henri avaient appris très vite qu'il était stérile. Tout de même, elle avait milité pour garder ses poils là où ils étaient, fière d'appartenir à une génération qui avait gagné des libertés à la sueur de ses réunions et manifestations. Soit elle était dépassée, soit les femmes actuelles se trompaient et les prochaines auraient tout à recommencer !

En faisant le trajet jusqu'à Concourson, elle imagine ce Marek en amant exigeant et acariâtre assassiné par une femme jalouse et soumise mais ce tableau ne lui plaît pas du tout. Il devait être un gars bien. Ce sont toujours les meilleurs qui partent en premier.

Vendredi 23 avril

23

Mickaël rentre ce soir. Vers 21 heures. Je suis encore tellement secouée du drame que j'ai vécu cette semaine. Lundi je ne pouvais pas m'empêcher de pleurer, au bureau et pareil devant la télé le soir.

Mardi je me sentais plutôt soulagée de ne jamais avoir à rendre des comptes, de ne jamais être trahie. Un amant de quelques heures volées, qui meurt, c'est quand même le rêve pour une femme adultère.

Mercredi, j'étais confuse et mal à l'aise toute la journée mais j'avais les petits dans les pattes, ça m'a changé les idées ! Mercredi soir, je pensais avoir enterré toutes mes émotions à fleur de peau et voilà que j'entends dire à la boulangerie qu'il aurait pu être assassiné ! Un être si doux et si beau, comment imaginer une scène de violence après nos ébats ? Cette vision casse tous mes souvenirs ! Et encore, cette culpabilité qui revient comme un boomerang !

Je vais faire couler le bain de Louis et m'y plonger également afin de pouvoir reprendre le cours de ma vie. À moins que le plongeon dans la baignoire ne réactive ces images de son corps froid et rigide qui me hantent depuis lundi.

24

Patrice a retrouvé sa motivation de jeune gendarme. Il s'est levé sans difficulté ce matin malgré une garde de trois heures cette nuit et a même repassé lui-même sa tenue hier soir. Il résiste depuis quelques années à l'idée de changer de taille de chemise de service mais il va vraiment falloir qu'il commande une taille au-dessus. Celle-ci le boudine et à force de détendre le tissu, les boutons menacent de lâcher. Virginie est vraiment délicate, elle a bien dû s'en rendre compte lors de ses dernières lessives mais elle n'a rien dit. Il a conscience que son ventre retient toutes ses frustrations de ces dernières années. Le quotidien, l'absence de motivation, les nuits difficiles de la petite dernière. Aujourd'hui, toutes ces récriminations sont balayées, il va poursuivre son enquête !

Premiers objectifs, mettre la main sur une plantation de cannabis dans laquelle Marek Wodaski aurait été impliqué de près ou de loin et retourner avec l'équipe de la section de recherches dans son appartement à partir de ce nouvel élément, recevoir ensuite la famille qui, aux dernières nouvelles, débarque ce soir.

Vincent se propose de les accompagner pour la perquisition mais Anita Lambert, commandante de la section de recherches s'y oppose.

— C'n'est pas la fête du slip, cette perquis', on ne va pas se mettre à distribuer des cartons d'invitations non plus ! s'énerve-t-elle.

Heureusement un appel vient d'alerter la brigade pour un accident sur la route de Martigné-Briand entre un camion et une voiture, on annonce que c'est du lourd. Vincent se précipite dans la voiture avec un collègue. De l'action, c'est tout ce qu'il aime !

La propriétaire de l'immeuble, « immeuble » façon de parler, il n'y a que deux logements, le sien et celui de son locataire, est déjà aux premières loges. Elle les attend dans l'entrée, le temps que chacun se gare devant l'église et les accueille tout en tripotant, nerveuse, la grande chaîne qu'elle porte autour du cou. Elle les regarde monter quatre à quatre le petit escalier qui mène au premier étage avec leurs grosses chaussures noires qui font du bruit. Patrice lui sourit et la salue gentiment annonçant qu'ils n'en ont pas pour très longtemps, qu'ils ont juste des relevés supplémentaires à faire pour boucler l'enquête. Il la rassure comme il peut parce qu'elle tremble comme une feuille en fixant la boîte aux lettres. Il réalise qu'elle n'a pas été vérifiée lundi matin, en grand professionnel il enfile alors ses gants et lui demande de lui ouvrir.

— Le relevé va passer comme une lettre à La Poste, dit-il en riant.

Il y a du courrier. Il s'agit d'une simple carte postale du pays, du magazine local et d'un paquet de publicités. Rien d'intéressant. À l'étage, on s'active. Le lit est retourné, la chasse d'eau démontée, les tiroirs de la commode vidés. Patrice a un peu honte. La famille de la victime débarque demain. Il espère que tout sera remis en place pour leur arrivée. Il n'avait pas remarqué en début de semaine qu'il possédait autant de CD. C'est surprenant pour quelqu'un de son âge d'avoir un lecteur CD alors qu'il est si simple d'écouter de la musique en ligne ! Un peu de reggae, du rock européen, du rock alternatif de son pays, un disque de Jeff Buckley un autre de Ben Harper. Avec l'idée qu'il s'est faite de la victime ces derniers jours, il se serait attendu à plus de Bob Marley, tiens !

Peu d'effets personnels finalement dans ce petit appartement de deux pièces. Un des tiroirs retient l'attention des agents. Il recèle de carnets écrits en polonais. Patrice les feuillette et s'arrête sur des croquis de plantes. Des pages de dessin alternent avec des listes et des notes qui semblent être quasi-journalières, au vu des changements de crayon et d'écriture... On envoie des photos directement au traducteur. Personne n'est capable d'y comprendre quoi que ce soit à part les chiffres alignés sur certaines pages. Ce qui est surprenant c'est que ses notes de travail sont toutes dans son ordinateur portable. Pas de joint, pas d'herbe, pas de bang. La perquisition n'a rien donné de ce côté-là. Pourtant Patrice pense que le carnet de notes les orientera vers une plantation illégale, il en est convaincu. Lucienne, sur le pas de la porte, n'en perd pas une miette depuis une heure. Elle hausse les épaules quand l'un d'entre eux démonte le chauffe-eau et dévisse le siphon de l'évier. Elle frisonne quand l'équipe fait mine de s'en aller. Comment va-t-elle remettre tout ça en ordre ?

Patrice échange avec elle quelques minutes et lui annonce qu'il faudra certainement ouvrir à la famille qui arrive ce week-end pour découvrir les lieux. Ils n'ont rien laissé au hasard, se dit-elle. Mais que cherchaient-ils ? Lucienne retourne à son logement du rez-de-chaussée, bouleversée, et appelle Émilie pour lui raconter que cette fois-ci c'est du sérieux. Ils sont sur une piste. On se croirait sur le grand marché d'Istanbul dans son appartement !

25

Émilie s'est réveillée en sursaut. Elle a rêvé de marmites, de bouillons et de sorcières qui fabriquaient des philtres malfaisants. Elle avait d'abord cru à une cure de jouvence proposée par ces femmes avenantes aux cheveux longs qui évoluaient au bord d'une rivière telles des nymphes mythologiques. Elle s'était approchée d'elles, attirée par leur parfum et leur charme, puis, petit à petit, ce moment paradisiaque avait viré au cauchemar : ces femmes s'étaient faites grimaçantes et médisantes, avaient abordé des sourires sardoniques et avaient concocté des potions terribles sans qu'elle puisse intervenir. Elle était devenue spectatrice d'une infâme machination sans pouvoir réagir. Elle n'aime pas être trompée par ses rêves. Le lever du jour et la lumière de ce matin d'avril l'avait rappelée à la réalité mais cela faisait bien longtemps qu'elle n'avait pas vécu un rêve aussi réaliste que celui qu'elle venait de faire.

Elle se sent encore mal à l'aise, quand Lucienne l'appelle à onze heures et demie. Décidément cette semaine aura été perturbée !

— Tu sais qu'ils sont revenus ce matin ? Pis, ça ne rigolait pas, tous ces uniformes au-dessus de ma tête...

— Ah bon ? Ils cherchaient quelque chose ?

— Ils étaient je ne sais pas combien ! Ils ont tout démonté en tout cas. Si y avait quelque chose à trouver, ils ont dû le trouver !

— Tu étais présente ?

— Si on veut, disons que je suis restée sur le pallier, je n'avais pas le droit d'entrer. Le ramdam qu'ils mettaient m'a attirée, tu verrais le chantier qu'ils ont laissé !

— Et la boîte aux lettres ?

— Ton neveu l'a ouverte, elle est vide, ils ont la carte postale, nous sommes tranquilles !

— Tu me rassures ! Je n'étais pas très bien dans mes souliers, tu vois... J'espère qu'ils ne feront pas de relevés d'empreintes...

— Vivement que ce soit fini. J'ai hâte de rappeler le petit gars de l'agence et de relouer, vois-tu ?

— Faut se dire que c'est fini maintenant, rien de plus ne pourra être fouillé chez toi... Tant qu'ils ne reviennent pas pour casser les plafonds ou la tuyauterie !

— Attends, ils ont même inspecté la cave. Pourtant je crois qu'il n'y est jamais descendu.

— J'espère qu'on en saura bientôt davantage ! répond Émilie intriguée en raccrochant précipitamment. Elle se rue sur sa gazinière. L'eau, mise à chauffer pour préparer son déjeuner, s'est mise à bouillir et déborde allègrement de la casserole sur le feu dont les flammes sont devenues jaunes.

26

Impeccable ! La pause déjeuner n'est pas terminée que le traducteur assermenté par la cour d'appel a déjà renvoyé la traduction des premières pages photographiées chez Marek Wolaski. Ce sont des listes de dates suivies d'annotations concernant un apport en engrais, la température du sol et la pluviométrie. Patrice pense tout de suite aux carnets de son grand-père viticulteur qui s'accumulaient d'année en année dans son bureau. Il prenait soin d'y consigner toute la météo de l'année et la progression de ses vignes. Un véritable journal intime de ses terres. On ne prend pas autant de précautions pour le travail d'un autre ! Si Marek tenait ce genre de carnet, c'est bien parce qu'il devait préparer une récolte ! Patrice sent qu'il a raison depuis le début, c'est presque trop facile ! Lorsqu'ils auront mis la main sur la parcelle qu'il exploite illégalement, il sera plus aisé de retrouver qui est impliqué dans cette production et de démasquer celui qui a voulu en tirer profit seul en évinçant mortellement un rival. Être amateur de plantes et se faire planter, Patrice rit dans son plastron et dévoile son jeu de mots à la cantonade qui, amusée, rit, et explique à la froide Anita que ces jeux de mots sont une habitude chez lui et qu'elle va devoir s'y faire. Elle répond que si le sérieux est de mise dans ce type d'enquête rien n'empêche d'en plaisanter mais dans la limite du raisonnable. Ce qui a pour effet, non pas de détendre l'atmosphère mais de la plomber. On attend avec impatience le reste de la traduction, rêvant qu'une adresse ou un indice de lieu puisse faciliter les recherches. On reçoit des fiches de plantes assez précises que Patrice se met à lire avec ses collègues, échangeant sur leurs jardins et leur méconnaissance de la flore des environs. Plantain et coquelicots passent encore mais petite ciguë et achillée leur sont inconnues.

Ils vont interroger Sébastien Couvert dit « La cheville » dont leur a parlé Clément, ce serait bien leur veine que, lui, ne soit pas au courant. Il s'avère que Sébastien Couvert est « à couvert » à la prison d'Angers pour vols répétés. Cela réduit considérablement la liste des coupables. Patrice aurait pourtant juré que ce gars était capable d'attenter à la vie de quelqu'un sans scrupule et qu'il était le coupable idéal.

Il se pose dans son bureau avec Anita. Ils reprennent ensemble les éléments qu'il a déjà rassemblés pour essayer d'y voir plus clair.

— Moi, j'aimerais bien savoir quels liens on peut faire entre un petit fumeur de joint polonais, qui planque de la beuh sous la roue de secours de sa Clio mais pas dans son appart' et un coup mortel sur son lieu de travail... Ce n'est pas cohérent ! Un coup ! Ça fait spontané, non intentionnel, on est d'accord. Il n'y a pas préméditations sur une histoire de ce genre.

— J'imagine, une embrouille de tunes, le gars furax qui sait qu'il bosse sur Concourson, qui vient le choper loin de tous regards, ils s'échauffent et bim il prend une pierre et lui assène sur la tête ! Voilà.

— Hum, hum... Donc, tu vois un type, un branleur, venir en pleine journée. D'ailleurs, sait-on à quand remonte la mort exactement ? Il a pu être été tué le soir aussi, en fait ! Là, à la limite ce serait plus logique. Ils font affaire, planqués. Et une histoire de cul, non ? Faut pas oublier qu'il a été retrouvé torse nu...

— Ah non, là on s'égare... En tout cas, il avait des connaissances peu recommandables pour un mec qui était arrivé à Doué y a seulement six mois.

— On a des noms d'amis ? Des contacts de son portable pour en apprendre plus sur lui ? demande Anita.

— Vous pensez qu'il pouvait avoir quelqu'un dans le coin ? Je n'ai pas vu Tinder ou Once dans la liste des applications que nous a fournie le labo.

— Il habitait seul. Pas de parfum ou de déodorant dans la salle de bain, me semble-t-il.

— Quel rapport ?

— Vous croyez qu'un jeune mec maqué vivrait sans cela ? Faut pas rêver. Si ce n'est pas eux qui achètent, c'est leur dulcinée. Vous n'avez jamais été jeune ou quoi ?

— C'était un célibataire ce gars. Trop de Sopalin dans la poubelle...

— Vous êtes d'un vulgaire ! le coupe-t-elle en parcourant les documents qu'elle a sous les yeux tout en se disant que ce gendarme qui avait l'air plan-plan hier se révèle finalement très observateur. Elle, elle serait incapable de se souvenir de ce qu'ils ont trouvé dans ses ordures si on lui demandait.

— La famille pourra peut-être nous en dire plus là-dessus. Vous avez son relevé téléphonique ?

— Ouais, rien de particulier. Pas beaucoup d'appels en fait. Si, un vendredi dernier tôt le matin.

— Faut fouiller ses applications. Comme il était étranger, il devait communiquer avec ses proches comme ça.

27

Lucienne vient faire un scrabble et elle apporte deux petites tartelettes pour le goûter. Avant même de quitter sa maison, elle a passé un petit coup de téléphone à Émilie pour lui annoncer qu'elle avait quelque chose à lui dire en arrivant tout à l'heure. Ça, c'est du suspense ! Lucienne gare à grands coups de volant sa petite Citroën sur le trottoir devant la maison de son amie. Elle descend de sa voiture lentement en prenant le temps de faire le tour pour prendre son sac à mains et sa boîte de tartelettes. Elle prend le temps de rajuster sa jupe droite, son imperméable gris et son foulard. Derrière sa fenêtre de cuisine, Émilie attend, curieuse.

— Y en a du monde sur la route cet après-midi ! lui dit-elle en ouvrant sa porte, haussant le ton pour couvrir le passage d'un semi-remorque de sa voix.

— Tu te demandes ce que je vais te dire, s'amuse Lucienne défaisant son imperméable bouton par bouton. Je ne vais pas te faire attendre plus longtemps. Figure-toi que je crois qu'il avait une petite amie. Une gamine, jolie, la vingtaine, tu sais avec une de ces grandes écharpes que mettent les jeunes filles de nos jours. Elle est venue ce matin sonner à ma porte. Elle cherchait le polonais. Il a fallu que je lui annonce. Ça ne lit pas les journaux, les jeunes ! Elle avait essayé son portable et les réseaux sociaux, ces machins de téléphone. Elle pouvait toujours attendre...

— Elle voulait quelque chose de précis ? demande Émilie.

— Non, elle a demandé après lui. Je lui ai dit ce que je savais sur sa mort. Elle était bouleversée, la petite. Elle s'est mise à pleurer en m'écoutant parler. Je lui ai proposé d'entrer un peu mais elle a voulu repartir. Elle a demandé s'il y aurait un enterrement en France ou en Pologne. Elle m'a laissé son numéro. Elle a dit qu'elle l'avait connu à l'école à Angers. Mais... Elle n'a rien dit de plus. À mon avis, ils étaient liés quand même...

Émilie finit par lui confier la traduction de la carte postale et toutes les deux élucubrent plus qu'elles ne jouent, pendant deux heures, sur les relations filles-garçons aujourd'hui. Elles concluent à l'heure du goûter qu'il n'était pas impossible qu'un amant jaloux de sa relation avec la jeune française qui aurait séjourné avec Marek en Pologne, le temps de quelques jours et aurait charmé l'émetteur du courrier, soit devenu menaçant face à la chance que lui offrait la France et sa belle française et vienne jusqu'à Doué-la-Fontaine pour assouvir sa soif de vengeance en lui assénant un coup mortel sur le lieu même où il imaginait une idylle avec elle. Au moment de se séparer, elles conviennent cependant que leur conversation n'a ni queue ni tête et qu'heureusement qu'elles ne sont pas sur l'enquête qui tournerait vite, quels que soit le contexte et les circonstances, à un drame passionnel. Parce que c'est quand même plus beau de mourir pour une histoire d'amour que parce que notre chaussure a glissé ou qu'on ne partage pas l'opinion de quelqu'un !

<h1 style="text-align:center">28</h1>

Virginie arrive en fin d'après-midi chez Émilie. Elle vient remplir sa déclaration d'impôts en ligne. Cela fait maintenant trois ans qu'ils lui ont proposé de gérer ses papiers administratifs et même si elle avait refusé leur proposition au départ, Émilie avoue qu'elle a bien fait d'accepter. Et puis, elle est venue avec les enfants en sortant de l'école. C'est du gagnant-gagnant : pendant qu'elle joue à la poupée avec Méline et que les jumeaux croisent le fer avec des bâtons trouvés dans la cour, Virginie coche des cases sur son ordinateur portable.

— Patrice est associé à la section de recherches le temps de l'enquête, sais-tu ?

— Oh, comme il doit être content de pouvoir poursuivre !

— Oui, il est content surtout de ne pas avoir fait tout le boulot en amont et de ne pas en profiter. Il a peur d'avoir omis une procédure par contre...

— Donc, c'est un homicide, c'est sûr ?

— Je ne suis pas censée t'en parler, mais oui.

— Qui a bien pu tuer ce pauvre gosse ?

— Là-dessus, je n'en saurais pas plus que toi. Il faudra attendre les conclusions de l'enquête...

— Qu'est-ce qu'elle grandit vite ta petite ! Elle ne sera bientôt plus petite d'ailleurs !

— Comme ce que tu dis est vrai, renchérit Virginie. Les garçons entrent en sixième en septembre, tu te rends compte ! On le sent à la maison, ils changent de sujet de conversation, se tournent vers « des trucs de grands » comme ils disent. Et Méline qui sait lire ! Au fait, il devient quoi le petit gars auquel tu as donné des cours en fin d'année dernière ?

— Il est mignon tout plein, il s'accroche en apprentissage. Je l'ai croisé cette semaine. Quand c'est trop bruyant à la maison, il va pêcher. La saison est ouverte depuis quelques semaines, on va le voir souvent au bord de l'eau. Je crois que les petits frères donnent du fil à retordre aux parents ! En disant ces mots, Émilie songe que le gamin a peut-être vu ou entendu quelque chose si jamais il traînait dans le coin la semaine dernière. Il ne faudrait pas qu'il garde un traumatisme pour lui.

La lumière baisse et les jumeaux, Adrien et Rémi, ont fini par se faire faire mal en jouant plus violemment, transportés par leur imagination débordante, et la petite Méline baille. Virginie prend congé non sans avoir remercié la tatie pour la délicieuse tarte au citron qu'elle leur a préparée pour l'avoir aidée.

En passant devant l'église pour aller mettre une fleur au cimetière sur la tombe d'Henri, Émilie croise la femme de Gérard encore une fois cette semaine.

Samedi 24 avril

29

C'est le jour de la soirée moules frites au bar-restaurant de Concourson-sur-Layon. On se presse à l'entrée dès 18 heures pour prendre une bière au comptoir avant le début des festivités. Une trentaine de personnes ont réservé. Quand Patrice arrive, le patron est derrière ses fourneaux et sa femme a déjà la main sur la tireuse depuis un bon moment. Il a décidé de venir faire un tour. Les langues vont se délier et s'il y a un élément supplémentaire à ajouter à l'enquête lundi, c'est bien ici qu'il le trouvera. Et puis, il a bien l'intention de joindre l'utile à l'agréable en retrouvant quelques copains d'enfance. Il commence par se rapprocher de Mathilde et Jérôme qui ont fourni le pain pour la soirée et qui sont attablés là avec leurs parents et leurs enfants depuis un petit moment. C'est un événement. Jérôme déroge exceptionnellement à son heure de coucher mais ils ne traîneront pas, c'est sûr.

Patrice qui est venu avec ses jumeaux, histoire de plus attirer l'attention sur le père de famille que sur le gendarme profite de la présence de leurs enfants pour les aborder.

— Ça leur fait quel âge maintenant ?

— Jeanne 12 ans et Marine 9.

— De l'âge de mes jumeaux presque, quoi ! Ils sont en CM2 cette année.

Les enfants se regardent rapidement du coin de l'œil puis se lèvent et vont courir dans la salle de restauration encore vide. S'ensuit une conversation sur le choix du collège pour l'entrée en sixième et sur le club de foot féminin des Verchers-sur-Layon. On arrive enfin à l'actualité.

— Il s'en passe des histoires dans ce bled depuis que je l'ai quitté !

— Tu parles du noyé ?

— Non, je parle de ma tante qui a perdu son chat, dit-il en riant.

De fil en aiguille, Patrice apprend que Jean-Michel ne vient pas ce soir parce qu'il y a eu du rififi. Il paraît qu'il s'est vanté d'avoir cogné le gars, vendredi dernier et que certains le soupçonnent... Pourtant, personne n'est au courant de cette rixe à la brigade. En creusant un peu, il apprend que Jean-Michel est souvent accoudé au comptoir dès l'ouverture du bar et, que même s'il est conseiller municipal et rangé, il n'a pas beaucoup changé depuis le catéchisme qu'il séchait pour aller mettre des pétards dans les poulaillers. Des voisins se sont joints à la conversation. On est passé à table mais pourtant chacun y va de sa petite anecdote sur le viticulteur pour l'enfoncer.

L'un explique : « il arrive là, vendredi dernier pour se la péter, pour raconter à qui veut l'entendre qu'il l'a cogné, *je l'ai renvoyé sur les roses ce petit gars* qu'il a dit. Maintenant, il ne vient pas ce soir, c'est bizarre... Enfin, bon, tu fais ton boulot Patrice, hein ! » Un autre ajoute : « mais bon, ce n'est pas clair son histoire... Ou alors, ça n'a rien à voir mais maintenant qu'il est mort, ça devient une autre paire de manches ! »

Les moules sont à peine cuites et les frites un peu trop. L'ambiance est bonne et les jumeaux s'amusent comme des chiens fous. En envoyant un texto à Virginie pour lui dire que tout se passe bien, Patrice prend conscience qu'il a peut-être un peu trop arrosé ses moules et un peu trop tendu son verre à tous ceux qui lui remplissaient bien volontiers. Il ne faudrait pas que la situation s'inverse : c'est lui qui est venu glaner des informations, il doit faire attention à ne pas répondre aux interrogations sur les avancées de l'enquête, surtout qu'il a lâché, par fierté tout à l'heure, qu'il faisait officiellement partie des enquêteurs. Même si la plupart des convives échangent avec lui autour de la famille et du boulot en général, il doit rester professionnel sur l'affaire, manquerait plus qu'un simple gendarme fasse fuiter des indices !

Il discute quelques instants avec Mickaël et sa femme Floriane, sur les enfants qui grandissent vite et sur les factures de gaz qui augmentent. Eux au moins, ne lui parlent pas de Marek Wodaski, cela lui fait des vacances. Et il ne peut s'empêcher de sourire béatement à Floriane qui lui parle, les joues rosies par la chaleur du lieu et l'alcool, tant il est sous son charme. Il en a de la chance Mickaël d'avoir trouvé une aussi belle femme ! Enfin, il quitte la soirée vers minuit. Les jumeaux sont épuisés.

Sur la route du retour, il fait le bilan des informations glanées : voir du côté de Jean-Michel Leroc et de ses mobiles. Faut-il l'interroger sur simple ouï-dire ? Lui, pencherait plutôt pour un règlement de comptes lié à la vente de cannabis, peut-être un rendez-vous qui a mal tourné ? Un accident semble, en tout cas, à écarter. On ne reçoit pas tout seul un coup de pierre sur la tempe. Lundi, la famille de la victime arrive et sera interrogée. Les recherches sur une plantation illicite n'ont rien donné jusqu'à présent mais tout est encore possible.

30

Heureusement qu'il y avait la soirée au bar ce soir. J'ai pu me détendre, échanger et rire, me changer les idées, quoi ! Je n'aurais pas aimé passer la soirée en tête à tête avec Mickaël comme hier. J'ai prétexté une migraine pour me mettre au lit très vite. Mes souvenirs avec Marek tournent en boucle dans mon esprit: ses mains, son odeur sur moi. J'ai fait du ménage aujourd'hui, j'ai l'impression que je faisais surtout du ménage dans mes pensées. Les vitres, les plinthes tout y est passé.

Au moins, pendant ce temps-là, Mickaël s'est occupé des enfants. Il les a emmenés au bord du Layon au pont du canal de Monsieur, quelle ironie ! Il m'a dit qu'ils avaient goûté tous les trois au bord de l'eau dans un champ. J'ai fait semblant de m'offusquer, de dire que c'était dangereux. Il a bien compris, rapport au noyé, qu'il a dit. Peut-être que secrètement il a senti quelque chose, il m'a dit être parti plus tôt que prévu, que ça sentait la mort. La mort de notre couple, oui !

Bref, la soirée s'est bien passée, j'ai revu pas mal de gens du village. Personne ne se doute de quoique ce soit.

Plus je repasse le film de la journée du vendredi dans ma tête, plus j'ai des frissons. Je suis la dernière personne qui l'ait vu vivant. Je suis la seule à le savoir. Je sais moi, que Jean-Michel Leroc ne l'a pas tué, j'ai juste compris d'où venait sa blessure soi-disant faite par une branche. Je me désole juste qu'il n'ait pas eu suffisamment confiance en moi pour me confier qu'il s'était battu avec ce gars. Peut-être était-ce par honneur, pour ne pas baisser dans mon estime ? Et je suis incapable de faire taire les rumeurs, il est impossible que j'avoue l'avoir vu à midi. Ces secrets me pèsent. Je suis à moitié ivre ce soir, les enfants sont

couchés maintenant, je vais faire comme si de rien
n'était et tourner la page... Si j'arrive à m'endormir.

Lundi 26 avril

31

Saint-Georges-sur-Layon. Une enquête est ouverte après la découverte de l'homme noyé.

Le jeune homme retrouvé mort noyé à Saint-George-sur-Layon déposé par la crue sur une rive du Layon le dimanche 18 avril a été identifié. Le corps a été autopsié pour déterminer les causes exactes du décès. Il s'agit de Marek Wodaski, 25 ans, originaire de Pologne, salarié du Parc Naturel Régional.

« Il faisait des prélèvements de plantes vendredi 16 avril aux abords du Layon, on suppose qu'il a fait une chute mortelle et que son corps a été transporté par les crues du week-end » explique Gérard Rivière, maire de la commune déléguée.

« Une information judiciaire a été ouverte par le Tribunal judiciaire de Saumur pour déterminer les circonstances exactes du décès et définir s'il n'y a pas eu l'intervention d'un tiers » déclare Yves Revers, le procureur de la République en charge de l'affaire.

Cependant, la thèse de l'accident reste privilégiée à ce jour.

32

La famille Wodaski est arrivée en France ce week-end. Il n'y a que la sœur de Marek qui parle un peu français et anglais. Les parents ne parlent que le polonais. Le père travaille pour le service d'eaux de sa ville et la mère est institutrice. Un traducteur assermenté est arrivé de Nantes en cravate et chaussures vernies pour l'interrogatoire. Patrice n'aime pas ce genre de rendez-vous : la famille est en deuil et on leur impose les chaises inconfortables et froides de la gendarmerie alors qu'ils devraient prendre le temps de se recueillir, d'aller sur les lieux qu'a fréquentés leur fils. Il a l'impression de les arracher à leur réalité. Ils viennent de se taper plus de trois heures d'avion de Varsovie à Nantes, la location de bagnole, le trajet vers le corps de leur fils qui aurait dû leur rendre visite pour Pâques et avait dû annuler son séjour pour poursuivre son contrat avec le PNR. Même s'ils ont été prévenus dès lundi dernier, ils sont encore sous le coup de l'émotion. Ils viennent de voir le corps, de réaliser qu'ils ne le serreront plus dans leurs bras. Les voix sont tremblantes et pleines de larmes. Ils ont encore beaucoup de documents administratifs à signer et son logement à vider. Ils sont assis, le corps plus ou moins droit dans leurs blousons, hagards, les mains ne sachant où se poser. On leur a expliqué que la mort n'était pas accidentelle.

—Vous a-t-il laissé sous-entendre quoi que ce soit ? Vous a-t-il parlé de menaces ? Avait-il peur de quelqu'un en particulier ?

Sa jeune sœur de dix-huit ans est magnifique. Sa chevelure et les traits fins de son visage font oublier qu'elle est vêtue d'un jogging beige et d'une veste noire complètement dépareillés. Elle essaie tant bien que mal de répondre aux questions qui lui sont posées par la chef

Lambert en français. Elle aimerait, se dit Patrice, que grâce à ses réponses on retrouve le coupable, là, comme ça, en quelques minutes.

La responsabilité et le sentiment de culpabilité d'avoir envoyé leur fils en France les rongent tout en se mêlant à la colère. On est bien loin de l'acceptation. Ils auront besoin de tellement de temps ! Patrice ne peut s'empêcher de penser à ses propres enfants. Comment peut-on partir ainsi ? Les enfants doivent survivre à leurs aînés, c'est la loi du temps ! Voilà que la colère des parents de Marek est communicative.

Anita poursuit son audition, froidement, sans sentiment. Elle s'adresse au traducteur qui s'adresse ensuite à la famille dans un jeu de rotation du cou et du regard. Patrice saisit leurs paroles, regardant ces trois polonais, perdus là, quand il peut détacher ses yeux du clavier ou de l'écran.

Pendant une hésitation, soudain, en laissant son regard divaguer sur le mur, fixant sans réfléchir une carte IGN de leur secteur, Patrice repense à la carte postale trouvée dans la boîte aux lettres.

— Vous savez qui lui a envoyé cette carte ? leur demande-t-il après s'être levé, s'être dégourdi les jambes au passage et avoir attrapé la carte sur une pile de son bureau.

Les parents jettent un coup d'œil furtif sur l'image et le texte et se regardent interloqués. La mère prend sa tête entre ses mains et pleure. Le père se tourne interdit vers les gendarmes.

Face à cette réaction, Anita demande une traduction : *Même si tu es là-bas maintenant, je te retrouverai ! Tu ne vas pas t'en sortir sans rien !*

La jeune Aniela n'arbore pas le visage surpris de ses parents. Elle précise même, après avoir blanchi :

— C'est Adam. C'est une carte d'Adam.

— Qu'est-ce que c'est que cette histoire ? rétorque Patrice, culpabilisant d'avoir laissé de côté cet indice qui semble s'avérer plus important que ce qu'il s'était imaginé en le découvrant.

— Un garçon qui veut du mal, qui voulait du mal, à Marek, dit-elle les larmes aux yeux.

Elle joue la forte, la demoiselle Wodaski ! Mais Anita voit bien que ses nerfs, à elle aussi, lâchent. La nouvelle de la tragédie, le voyage, les efforts pour contrer la barrière de la langue : c'est beaucoup pour ses jeunes épaules.

La suite de l'audition porte donc sur le passé de Marek. Les parents y évoquent ses frasques, ses doutes d'adolescent bon élève, obéissant mais toujours mal entouré. Avec leurs mots, ils racontent l'arrestation musclée de la police à son lycée qui amène d'autres anecdotes. Patrice veille à ce que l'évocation du passé de leur fils soit aussi une occasion de se remémorer de bons souvenirs en famille. Volontairement, l'équipe de la section de recherches n'est pas dirigiste. Ils notent des éléments pour le dossier mais écoutent surtout parler la famille. Ils savent bien que les échanges avec le prêtre seront compliqués et que leurs proches sont loin. Ce n'est pas pareil par téléphone ou par visio. Ce n'est qu'à la fin de l'entretien qu'Aniela explique qu'elle a appris qu'Adam, son acolyte de l'époque, sortirait de prison le 16 avril. Elle a même jugé bon d'appeler son frère, tôt le matin avant de partir au lycée, vers 7h30 ayant appris la nouvelle par une copine de copine. Elle avait souhaité lui annoncer puisque cela n'aurait pas d'incidence sur lui qui vivait à des kilomètres et des kilomètres. Maintenant, elle est inquiète. Mais Anita et Patrice la rassure : ils vont vérifier l'heure de sortie auprès de la police polonaise mais il est impossible qu'il soit le coupable s'il s'agit d'un acte meurtrier.

Patrice est soulagé lui aussi, cet indice ne menait finalement à rien si ce n'est à remuer des eaux profondes que la famille aimerait bien oublier pour se souvenir du petit garçon souriant qui aimait faire des bouquets de fleurs à sa mère en rentrant de l'école.

33

Anita est, malgré ses airs assurés, très éprouvée par l'audition qu'elle a menée le matin-même avec la famille de la victime. Mais l'enquête continue et ils ont enfin une piste : un viticulteur de Concourson-sur-Layon a apparemment frappé la victime lors d'une altercation au cours de sa dernière journée. Elle décide que Patrice mènera le jeu lors de leur visite chez Jean-Michel. Elle a bien compris qu'on avait à faire à un misogyne bourru et qu'elle n'en tirerait pas grand-chose toute seule.

L'exploitation est boueuse, c'est le moins qu'on puisse dire. Ils décident de se garer sur le bitume pour être sûrs de ne pas s'embourber en repartant. De grandes ornières de tracteurs et d'engins agricoles maculent l'entrée des lieux. Guidés par un bruit de moteur, ils se dirigent vers les hangars. La partie habitation qu'ils longent alors est joliment clôturée et tout y est propre, à sa place attitrée. De grandes jardinières sont prêtes à recevoir les géraniums de l'année. Il semble à Anita voir un coin de rideau se soulever. Un panneau indique *Caveau* sur leur droite. Ils entrent et appellent.

— Monsieur Leroc ?

Un homme, la cinquantaine, passe la tête par une porte qui donne sur une pièce sombre. Il porte une chemise à carreaux marron et une veste sans manche rouge, sale sur le devant. Il a un mouvement de recul quand il aperçoit les uniformes.

— Bonjour, bredouille-t-il en dévisageant Anita.

— Vous êtes Jean-Michel Leroc ? demande Anita.

Jean-Michel s'approche de Patrice et lui sert la main.

— Bonjour Patrice, comment va !

Celui-ci répond brièvement et entame la conversation.

— On vient pour une mission de la section de recherches, on est envoyé par le parquet. T'as entendu parler du gamin qui est mort dans le Layon la semaine dernière ?

— Oui, bien sûr comme tout le monde... Il tire sur ses manches et réajuste sa veste sous son pantalon. Parce que ?

— Il nous est venu aux oreilles que tu pourrais l'avoir vu le jour de sa mort... Tu le connaissais ?

— Le petit avec un accent de l'est, ouais, je l'ai croisé une fois ou deux. Le viticulteur reste très évasif dans ses réponses jusqu'à ce qu'Anita, impatiente, et nerveuse dans cet endroit humide et qui dégage une odeur de moisissure propre de vin, lui balance de but en blanc :

— Bon, vous l'avez frappé ou pas ? Dites-le nous !

Patrice et Jean-Michel la regarde hébétés.

— Non, mais on s'est un peu pris la tête c'est vrai. Le gars, je lui paie un coup à la cave, comme ça, en fin de matinée. Il venait de me ramener un bouchon de réservoir de cuve de tracteur qu'il avait trouvé en marchant dans mes vignes. C'était sympa de venir jusqu'ici pour le rendre, c'est bien utile. Je l'avais perdu la veille d'ailleurs en traitant une parcelle. Fallait le remercier. Et pis, après, y me dit qu'il bosse pour le PNR, le Parc Naturel machin truc. Qu'il participe à une étude en lien avec les travaux de la déviation. Mon sang n'a fait qu'un tour, je me suis dit, encore un de ces écolos qui va nous obliger à ne pas ouvrir le magasin pour une histoire d'escargots sur le tracé ou d'un bout de machin de plante dont tout le monde se fout à part les deux insectes qui vont baiser dessus. On en voit tous les jours des histoires comme ça. Ça me rappelle les fouilles archéologiques à Angers qui ont retardé les travaux... Bref, j'ai un peu haussé le ton, quoi ! Il a pris pour les autres.

— Euh, ce n'est pas ce que tu as raconté le soir-même, il me semble que t'as été plus loin que du verbal, à ce qu'il se dit !

— Ah, parce qu'il y en a qui ont été baver… Alors là, je t'arrête tout de suite. Je suis con des fois, mais pas violent ! En fait, je me suis un peu enflammé au comptoir. Tu vois comment c'est, une fois pris dans l'histoire. Je n'y ai pas touché à sa petite frimousse. Pis, y m'avait ramené mon bouchon quand même ! achève-t-il détendu.

— Tu accepterais de nous redire tout ça dans ta cuisine qu'on puisse brancher notre ordi et prendre ta déposition ?

— Mais oui, pas de souci, si ça peut rendre service et faire taire les mauvaises langues.

Patrice et Anita sont accueillis par Gislaine, tirant sur sa jupe, interrogative et inquiète. Ses doigts s'agitent dans tous les sens autour de sa bouche. C'est finalement dans la salle à manger qu'ils branchent leur matériel et consignent la déclaration.

Cette grande pièce ne semble pas avoir reçu beaucoup de visiteurs ces dernières années, la table est recouverte d'une nappe en bulgomme, les assises de chaises de protections et leur dossier d'un petit napperon, un cadre représentant la propriété au fusain trône au-dessus de la cheminée et une sorte de canevas fait par un enfant termine la décoration murale à côté du fusil du propriétaire.

Une fois le procès verbal imprimé par la petite imprimante Canon apportée par le lieutenant, et signé par le vigneron, ils déclinent l'invitation à partager un verre avec lui. L'ombre de Marek Wodaski planant encore en ces lieux, inconsciemment, ils n'ont pas envie de subir le même sort.

Alors que les gendarmes retournent à leur voiture de fonction tout en évitant les plaques glissantes de boue, Jean-Michel est parcouru de frissons malgré sa haute stature et il frotte machinalement la main qui a cogné dur Marek il y a déjà plus d'une semaine. Il regarde ses grosses phalanges qui n'ont gardé aucune trace du coup qu'il lui a porté au visage. Il est très fier de ce qu'il a imaginé et expliqué pendant son entrevue avec eux. Après tout, il n'a pas menti, ils se sont bien vus et pris la tête... Jamais ils n'iront penser qu'ils avaient installé ensemble quelques plants de cannabis dans l'ancien grenier à tabac, juste au-dessus de la pièce où ils étaient venus le trouver. Il n'y a que Gislaine qui savait qu'ils s'étaient rencontrés, il y a deux ans, au salon du SIVAL sur une démonstration de machines quand le gars était encore étudiant. Puis, qu'il était venu l'interviewer pour l'école et que de fil en aiguille, ils avaient créé une petite affaire locale et très rentable. Le gars n'était pas réglo sur son paiement de location et la démonstration de force avait été son meilleur argument voilà tout !

34

C'est l'heure de sa promenade. Le ciel promet une belle journée et outre la venue de sa podologue à 16 heures, Émilie sent que cette semaine va être une belle semaine, moins intrigante et moins stressante que la semaine passée. Elle reçoit son neveu Patrice, demain midi, elle aura l'occasion de se tenir au courant des suites de l'affaire. Le journal de ce matin annonçait bien une enquête mais elle le savait déjà. Elle est persuadée que Jean-Michel l'a sacrément amoché et tué sans préméditation. Une sale affaire. Un viticulteur aigri qui attend avec impatience cette déviation promise depuis des années. Plus de trente ans, c'est sûr.

Henri et elle en ont tellement entendu parler qu'ils n'écoutaient même plus les débats autour de ce sujet. Ils s'étaient faits une raison : les véhicules, leur passage bruyant, celui des camions la nuit, qui fait trembler les vitres, ils s'étaient habitués. Ne pas vivre dehors, voilà. Se réjouir l'hiver quand la question du déjeuner en extérieur ne se posait pas. Qu'ils avaient bien fait de faire poser des doubles vitrages quand on leur avait proposé ! Bref, Jean-Michel et son épouse avaient bien trop misé sur ce contournement dont la simple évocation était amère pour les habitants de Concourson-sur-Layon... Il y avait eu les maires peu désireux de voir se construire un grand ouvrage qui tuerait le petit commerce, comme dans d'autres villages du département, puis, il y avait eu le coût des travaux, trop lourds à supporter pour le Maine-et-Loire et enfin, la région qui promettait toujours un début imminent des travaux. Jean-Michel y avait cru encore une fois, pensa-t-elle, et rien ne pouvait se mettre en travers de son chemin. Ils étaient quelques-uns comme cela dans le bourg, de doux rêveurs qui croyaient encore que de nouvelles normes, de nouvelles mesures ne viendraient pas remettre les compteurs à zéro. Pour lui, ce projet de magasin sur le rond-point qu'emprunteraient les milliers de touristes de la D960 sauverait son couple affecté par le départ des enfants et la cupidité de sa femme. C'était son seul salut.

Alors que justement ses épaules octogénaires viennent de vibrer au passage d'un semi-remorque imposant, elle aperçoit le vélo rouge de Jérémy devant la boulangerie.

— Bonjour madame Émilie, c'est l'heure de la promenade ?

On pourrait imaginer que cette remarque est ironique mais ce n'est pas son genre. C'est un gamin enthousiaste, jovial, content de tout. Il n'a pas inventé l'eau chaude et tout ce qui est abstrait le rebute comme elle a pu s'en rendre compte l'an dernier et son allure d'adolescent dégingandé portant un pull aux manches trop courtes et un pantalon aux jambes trop longues n'arrange pas le tableau. Mais c'est un bon gars, comme on dit ici.

— C'est l'heure de la pêche comme c'est là. Prends-tu quelque chose au moins ?

S'en suit une description détaillée de ses dernières prises, poids, taille, nombre à laquelle Émilie fait mine de s'intéresser en opinant du chef à chaque nouvelle étape.

— Ça t'arrive de croiser du monde ? demande Émilie se souvenant qu'il a croisé la victime et se souciant de cette solitude si assumée et réjouissante racontée par le gamin.

— Bah oui, des fois. Des vieux qui pêchent aussi. Du coin ou d'ailleurs, on tchatche un peu, de temps en temps...

Émilie est rassurée, il échange, il partage sa passion.

— Tu n'as pas des copains pour venir avec toi ?

— Non, pas trop, au CFA, y sont plutôt jeux en ligne que pêche à la ligne, vous savez ! Il rit, fier de son jeu de mots involontaire. Et puis, tiens, vous savez le jeune, là, qu'est mort, je l'ai croisé moi le vendredi où ils disent qu'il est mort. C'est glauque, hein !

— Tu l'as croisé ? répète Émilie interloquée.

— Ouais, à cette heure-là, au niveau du pont plus bas, avec ses grandes bottes, son blouson et son sac à dos.

Un convoi exceptionnel passe derrière eux sur la route nationale et fait diversion si bien que Jérémy enfourche son vélo et pose le pied sur la pédale pour se lancer.

— Allez, bonne promenade et bonne journée, topette !

Émilie réfléchit. Si Jérémy a vu le jeune polonais le vendredi de sa mort en fin de matinée, alors Jean-Michel dit vrai. Il l'a juste amoché. Elle rattraperait bien le gamin pour en savoir plus : savoir s'il était blessé, s'il a parlé avec lui mais sa canne et une douleur diffuse dans le dos lui rappellent qu'elle n'a plus l'âge des sprints !

Elle avance de manière automatique vers le Layon et se demande si elle doit en parler demain à son neveu... C'est important et ce n'est pas les gendarmes qui penseront à aller chercher ce jeune pêcheur comme témoin. Elle verra bien. Peut-être qu'il lui annoncera qu'ils recherchent des témoins ou du moins qu'il lui en dira plus sur les événements avec le viticulteur. Elle n'aura sûrement pas besoin de lui en parler. Pour l'heure, elle réajuste son écharpe autour de son cou et tire sur ses manches. Pour une matinée d'avril, même au soleil, les températures restent basses pour la saison. Elle avance d'un bon pas et pense déjà au bon café qui va la réchauffer tout à l'heure.

35

J'ai lu l'article du Courrier de l'Ouest ce matin. Ils ont parlé d'une autopsie. Je ne peux m'empêcher d'imaginer des gants froids et impersonnels qui touchent et maltraitent son corps blanc. Les images de son sourire merveilleux de candeur et de spontanéité ont fait place à un corps numéroté de série policière. Une table métallique, des bruits d'outils coupants, une odeur de produit chimique, un goût de dissection propre me parasitent l'esprit dès que je ferme les yeux depuis ce matin.

J'ai découvert dimanche que ce que je croyais être du persil et que j'ai mis dans notre cake de pique-nique n'en était pas ! J'ai bien vu Mickaël arracher cette plante et la jeter dans son feu en nettoyant le terrain. Je n'ai rien dit sur le moment mais j'ai cherché sur Internet, nous avons consommé de l'Œnanthe Safranée qui renferme de l'œnanthotoxine, un composé hautement toxique qui exerce rapidement son action sur l'organisme. Après, nous n'avons consommé que quelques feuilles. Et puis, je n'ai pas été malade, à moins que les nausées du samedi que j'ai attribuées à mon mal-être ne soient venues du repas que nous avons partagé. Si j'ai bien compris les pages que j'ai dévorées la peur au ventre ce matin, ce sont les racines qui sont mortelles. Je n'en ai vraiment mis que quelques feuilles, je n'ai pas pu le tuer... Mais cela me ronge. Et s'il avait fait une allergie ? Mais qu'est-ce qui t'a pris de faire semblant de connaître les plantes quand tu sais juste distinguer un bulbe d'iris d'un plant de pensée ! Et si les analyses toxicologiques révélaient des traces de poison ? Rien ne mènerait les enquêteurs dans ma direction de toute manière... Nous étions seuls et personne n'imaginerait que je puisse avoir intoxiqué Marek. Peut-être que me sentir coupable est une sorte

d'expiation. Non, j'ai entendu parler d'un coup à la
tête !

Mardi 27 avril

36

Le centre médico-légal d'Angers ayant terminé son rapport d'autopsie, le procureur a autorisé les obsèques qui auront enfin lieu mercredi après-midi.

Les résultats toxicologiques complémentaires sont arrivés et révèlent la présence de polyines -dérivés de polyacétyléniques- en petite quantité dans l'estomac. Une substance toxique a été ingérée par la victime mais rien qui ne peut laisser supposer une absorption intentionnelle de poison. D'après l'analyste, ce n'est assurément pas un suicide, par contre, quelqu'un a dû lui faire avaler une petite quantité d'un produit ou, a-t-il dit d'un ton sarcastique, comme certains amoureux néophytes de la nature, il a cru que tout pouvait se manger !

L'interrogatoire de « la Cheville » autorisé à la maison d'arrêt s'est avéré long et peu concluant même si le gars a bien profité de sa présence pour balancer la moitié des habitants du coin. Il s'est mis à table, pensant redorer son blason mais la section de recherche a fait chou blanc dans l'affaire actuelle.

L'enquête stagne et Patrice ne dort plus se demandant comment et quand ils vont enfin découvrir le responsable de cette mort prématurée. L'enthousiasme ressenti au début de l'enquête est retombé ces derniers jours : ils ont auditionné ses anciens camarades étudiants dont une ex-petite amie qui ne leur a rien appris si ce n'est qu'il fumait un peu de temps en temps mais avait été refroidi par ses aventures lycéennes et qu'il disait avoir changé. Ils ont entendu sa propriétaire, ses collègues... Il est fatigué de taper et de se taper des dépositions et de ne plus trop sortir des murs de la brigade. Il ne fait même plus de jeux de mots. Pour un peu, il prétexterait qu'il a mal fait ses relevés au bord de l'eau pour aller se promener au soleil et tomber la chemise. Il se dit que sa routine était usante depuis quelques années mais qu'au moins elle lui évitait ces émotions en dents de scie qu'il vit ces derniers jours. Que vaut-il mieux ? Une route droite et dégagée mais monotone ou une route accidentée et sinueuse mais motivante ?

37

Aujourd'hui, Émilie a flâné au soleil, décidant de faire le plein de vitamine D, elle se sent parfois ridicule, parfois seule au monde en arpentant les rives du Layon. Cependant, ces temps en pleine nature et loin de son espace quotidien lui permettent de cogiter du bulbe tout en les admirant s'épanouir le long de la rive et de se remémorer des bons moments avec Henri qui aimait particulièrement la navigation sur les cours d'eau praticables. Elle aime cette connexion qu'elle retrouve dans le fil de l'eau.

À midi et quart, elle accueille avec joie Patrice autour d'un morceau de veau qu'elle est allée acheter exprès pour lui chez le boucher en en profitant pour admirer la campagne ensoleillée qui s'étend entre son village et le village voisin. Cela lui fait aussi une occasion de manger de la viande. Donner c'est recevoir plus.

Evidemment, cette semaine, la conversation, une fois les politesses échangées, tourne autour de l'enquête.

— J'ai cru comprendre que c'était un beau gosse, bien charpenté, ce gars ?

Patrice trouve que cette expression est tellement étrange dans la bouche de sa tante de quatre-vingts ans qu'il ne répond pas dans un premier temps. Il hoche la tête en savourant sa bouchée arrosée de sauce.

— Vous avez entendu Lucienne non ? Dans votre enquête ?

Il comprend qu'elle a une idée derrière la tête… Elle pose des jalons pour l'instant. Les femmes sont bien toutes les mêmes. Tourner autour du sujet comme on jette quelques appâts et puis dès que le contact est établi, ferrer le poisson pour mieux l'attraper.

— Oui, la pauvre, on est désolé mais il le fallait, répond-il en pensant que son amie s'était plainte auprès d'elle. Elle a l'air assez fragile cette Lucienne.

— Elle vous a dit qu'elle avait vu une jeune femme qui demandait après lui ?

–Oui, se contente-t-il de répondre en se resservant de la purée maison carottes, pommes de terre qui fume encore sur la table.

— Vous avez imaginé un crime passionnel ? Parce qu'un bel éphèbe qui arrive dans une petite communauté...

— Tu te fais des idées tatie ! Cela dit, on a entendu la jeune femme à laquelle tu penses, c'est son ex-petite amie, très jolie du reste. Ils se donnaient des nouvelles de loin en loin, elle ne l'avait pas revu depuis quelques mois et passait dans le coin n'ayant plus de contact avec lui.

— Elle a un alibi ?

— Comme tu y vas avec tes grands mots ! rit-il. Oui, madame l'inspectrice, la demoiselle avait un alibi puisqu'elle était la semaine précédente dans le Morvan pour travailler pour leur Parc Naturel, c'est pour ça qu'elle voulait échanger avec lui, c'était juste pour du boulot. N'empêche qu'elle a été bien bouleversée par l'annonce de son décès. Elle a dit quelque chose comme « tout sort de la terre et tout retourne à la terre » et pleurait comme une madeleine.

Émilie écoute patiemment son neveu, elle est très fière de son assurance et de son métier. Par contre, elle aurait aimé contribuer d'une façon ou d'une autre à l'enquête ce qui ne sera pas le cas...

Elle doit se faire une raison, elle contribue à l'enquête uniquement en nourrissant chaleureusement l'adjudant.

Mercredi 28 avril

38

Ce mercredi, il y a peu de monde devant l'église. Patrice rejoint la famille de la victime dans son appartement dont ils n'ont pas encore vidé le contenu. Après s'être recueillie auprès de leur proche avant la fermeture définitive du cercueil à l'institut médico-légal d'Angers, la famille a décidé de faire incinérer Marek et de ramener l'urne en Pologne. Les démarches administratives monopolisent tout leur temps, il voit bien que leur deuil attendra leur retour. Ils sont perdus, la mère paraît absente, fait des gestes automatiques, la sœur aimerait avoir un nom de coupable à blâmer au plus vite. Quelques badauds traînent devant l'église avide du malheur des autres. Les collègues de Marek sont venus assister à la messe dite en français et fleurir le cercueil, quelques anciens camarades de l'école d'Angers sont présents aussi.

39

La journée s'annonce chaude dès les premiers rayons du soleil ce matin. À son arrivée à 8 heures, Patrice Lebon reçoit un appel provenant du PNR.

–C'est M.Ormier du Parc, un gars qui vient de revenir d'arrêt maladie nous a dit un truc hier mais je ne sais pas si ça peut vous aider dans votre enquête...

— Dites toujours, on ne sait jamais, répond Patrice sans grande conviction.

— Alors voilà, en début de semaine dernière, quelqu'un a appelé l'accueil pour avoir l'adresse actuelle de Marek Wodaski. Il a dit être un copain, il a échangé en anglais avec mon gars. Il était là par hasard devant le téléphone et a décroché. Il lui a donné son adresse. Il n'a pas pensé à mal. Le gars s'étant présenté comme un pote. Mais, bon, quand il s'est pointé ce matin et qu'on lui a dit que ce n'était peut-être pas une mort accidentelle, il a repensé à ce coup de fil.

— Ok je note, vous avez bien fait de m'appeler. Il a pris le nom de son interlocuteur ?

— Ah ça non. Il n'y a pas pensé, vous voyez. Il a juste su me dire qu'il avait dit bonjour en français et qu'après ils avaient parlé anglais. Il a supposé que c'était un copain de Pologne, quoi ! Il connaissait son adresse, vu qu'il était déjà passé chez lui, donc il lui a donnée.

Malheureusement, ce n'est pas ce nouvel élément qui fera avancer l'enquête : on sait déjà qui a dû appeler pour avoir son adresse, l'émetteur de la carte postale ! Et ce gars ne peut pas être le coupable...

Ce que l'unité de recherches qui piétine toujours voudrait savoir c'est où se trouve cette foutue plantation qu'ils cherchent en vain depuis presque deux semaines, pourquoi le môme était torse nu alors que la température était basse ce jour-là et qui a porté un coup qui l'a assommé et mené dans le lit du Layon jusque sur les rives de St Georges et surtout quel était son motif !

40

17 heures. Satanés camions ! Quel trafic à cette heure de la journée ! Quelques fois, Émilie aimerait se téléporter au bord de l'eau sans avoir à descendre cette fichue D960. Quelques centimètres de plus sur la droite du semi-remorque qui vient de la frôler de ses vibrations et elle vacillait sur le trottoir. Il ne roule pas à cinquante kilomètres heure celui-là !

Cet après-midi, elle doit traverser pour déposer un courrier, sa facture de téléphone. Elle l'a oubliée sur la table de la cuisine ce matin et veut se débarrasser de cette corvée avant demain en la déposant dans la boîte jaune en bas de la Nationale. Une camionnette vient de déraper sur le grand parking pour faire demi-tour en faisant danser la poussière accumulée cette semaine par l'absence de pluie. Heureusement la vue du clocher la rassure, elle est bien dans son petit village de la campagne douessine. Le soleil descend déjà un peu et éclaire de sa chaude lumière jaune les vieux murs de l'ancien prieuré qui dresse ses hauts murs à côté de l'église Saint-Hilaire dont les parties les plus anciennes datent du XIe siècle. Elle envierait presque le casque audio de Jérémy qui arrive à toute allure de chez lui en passant par le chemin venant de derrière l'église. Comme à son habitude il salue la vieille dame et en profite pour taper la causette : il lui annonce que son année se termine bien, que le boucher veut le garder l'année prochaine, c'est sûr maintenant. Émilie est rassurante et écoute attentivement, elle le félicite pour son sérieux et son implication. Gonflé de fierté, il s'épanche un peu.

— Vous savez, je vous avais dit que j'avais vu le polonais en allant à la pêche.

— Oui, je me souviens.

— Bah, faut que je vous dise, ce n'est pas tout.

— Ah bon ?

— Disons que c'est vrai ce que je vous ai dit, mais je l'ai revu, après, le long du canal de Monsieur, près du pont, vous voyez ?

Bien sûr qu'Émilie connaît ce petit pont entre Concourson et Saint-Georges. Il est le vestige d'une lointaine activité florissante de commerce de charbon. À une époque, Henri avait même fait partie de l'association *Vignes et Charbon* qui avait pour vocation de sortir de l'oubli cette courte période où des bateaux naviguaient sur le Layon transportant le charbon extrait des mines du coin vers la région nantaise.

— C'est normal si j'ai bien compris, il devait arpenter le coin pour récolter, recenser des plantes particulières... Ça doit pas mal crapahuter ces gars-là, ce n'est pas comme moi, ajoute-t-elle en soulevant sa canne.

Jérémy sourit en l'écoutant. Il lui coupe la parole.

— Je ne sais pas trop comment vous dire ça mais il cueillait de drôles de fleurs ce jour-là !

Émilie le regarde interrogative.

— Qu'est-ce que tu entends par là mon petit ? Je t'écoute.

Jérémy rougit. Il regarde ses mains. Il ne peut pas en rester là, maintenant il doit expliquer ses propos énigmatiques. Émilie se penche vers lui comme s'il allait lui révéler un secret d'État.

— Bon, je continue, je vous en ai trop dit. Mais attention, je l'ai dit à personne, hein ? Vous ne le répétez pas ? Il joue avec ses mains et tripote son guidon.

Émilie est bien tentée de lui avouer que son neveu appartient à l'équipe qui mène l'enquête mais la curiosité prend le dessus.

— Dis-moi, qu'as-tu vu ? demande-t-elle en prenant un ton professoral.

— Bon, bah, il n'était pas seul à sa pause déjeuner. J'ai rien vu de spécial, hein, j'étais loin ! Disons que j'ai plutôt entendu, quoi ! Y avait une dame avec lui, une belle femme, brune, la peau blanche. De loin, j'ai bien vu qu'ils étaient à poil. Ça se voit dans la verdure ! Je suis sûr que c'était lui, j'ai reconnu la couleur de son blouson de travail par terre... Bon, et puis, je ne me suis pas éternisé non plus, je ne voulais pas qu'ils me voient et passer pour un voyeur ou un truc dans le genre ! Moi, ce que je vous confie là, je ne l'ai pas dit. Pour un peu que les parents m'interdisent du coup, de traîner par là-bas alors qu'y a du poisson ! Ce que je voulais dire c'est qu'à midi, il était en forme le gars ! Enfin sauf votre respect madame Duval. Bon, je ne sais pas pourquoi, je vous ai dit ça moi ! achève-t-il en se faisant craquer les doigts frénétiquement.

— Il faudrait peut-être en parler aux gendarmes, non ?

— Ah, ça non ! Et puis surtout vous gardez ce que je viens de vous dire pour vous, hein ?

41

— Dis mon gars, je ne te dérange pas ? J'appelle tard.

Tard, c'est propre à chacun. Il est 19h30. Patrice est rentré du boulot il y a une demi-heure et Virginie part à la maison de retraite de Martigné-Briand à l'instant. On est en pleine journée chez les Lebon ! Les garçons sont sous la douche et la petite puce finit un coloriage. Il est de corvée de linge ce soir et a bien l'intention de trouver le temps, d'ici 21h, lorsque tout ce petit monde sera couché, d'appeler un vieux copain de l'armée pour son anniversaire.

— Je ne veux surtout pas te déranger mais, vois-tu, il m'a semblé bon de te faire part de quelque chose que j'ai appris aujourd'hui.

— Je t'écoute, Émilie, qu'est-ce que tes grandes antennes ont capté par chez toi ? Ce sera dans le journal demain ? dit-il en plaisantant et en rattrapant de

234

justesse le crayon feutre qui tombe de la table basse sur le tapis.

— Figure-toi que j'ai croisé quelqu'un de la commune ce soir qui m'a fait de drôles de révélations. Ça concerne le polonais... Mais je ne te dérange pas au moins ?

Maintenant qu'elle a piqué la curiosité de son neveu, Émilie peut parler et avoir toute son attention.

–Voilà, c'est un peu étrange, et puis surtout j'ai promis au gamin de ne pas en parler. Il m'a dit avoir vu la victime le jour de sa mort...

— Oui, on le sait ça, on a trouvé des témoins qui nous ont dit l'avoir aperçu après son passage chez Jean-Michel. Il s'en est certainement vanté de toute façon, non ?

— Oui, non mais là ce qu'il m'a confié, c'est qu'il était accompagné... Enfin, je veux dire ses propos pourraient expliquer la tenue du mort... Tu vois ce que je veux sous-entendre ?

— Non, je ne vois pas très bien, fais-moi plutôt un dessin, plaisante Patrice tout en souriant devant le dessin de Méline. Tu me donnes son nom si tu veux bien et on essaiera d'en savoir plus.

— Non, j'ai promis que je ne t'en parlerai pas, il me fait confiance. Je t'en parle parce que ce témoignage peut être important pour vous mais je ne vais pas te révéler son nom.

Patrice comprend qu'il n'en saura pas plus sur l'identité du témoin. Elle est sympa tatie mais très têtue quand elle veut !

— Il a vu qui était la femme ?

— Non, il ne sait pas qui c'est.

Et voilà ! Encore un autre mystère qui vient s'ajouter sur la liste des questions sans réponse. On dira au procureur demain qu'on a de nouveaux éléments en omettant de préciser que les autres sont toujours là ou presque. Émilie a dû imaginer que cette femme a pu frapper la victime et se faire des films sur un crime passionnel mais lui qui a vu la blessure et lu le rapport du légiste, il suppose que ce qui lui a écrasé le crâne n'a pas pu être projeté par une femme...

— Et donc, voilà qui va dans le sens de ton hypothèse de crime passionnel, n'est-ce pas Émilie ? dit-il en souriant.

— Je ne suis pas gendarme mais j'ai encore de bonnes oreilles, allez je ne t'ennuie pas plus longtemps, bonne soirée, des bisous aux enfants !

Vendredi 7 mai

42

À 8 heures du matin, Patrice voit entrer Marie de Concourson et son fils aîné dans la gendarmerie. Comment s'appelle-t-il déjà ? Ah zut, son prénom lui est sorti de la tête, c'est le gamin que sa tante avait pris sous son aile. Il sort de son bureau et prévient Julie derrière son guichet.

— Je m'en occupe !

Il ne reconnaît pas le visage de ce garçon d'habitude si rieur et enjoué.

— Bonjour Marie ! Qu'est-ce qui vous arrive ? dit-il en lui faisant la bise. Fi du protocole, ils étaient au collège ensemble.

Mais Marie ne répond pas, il comprend très vite qu'elle a besoin d'intimité. Ils prennent un temps qui lui paraît extrêmement long à enlever leur veste et s'installer sur les chaises qu'il leur a tendues dans son bureau. Ils sont impassibles et Patrice est de plus en plus inquiet sur le motif de leur venue ce matin et ce, dès l'ouverture.

— Jérémy est venu pour dire un truc, étouffe Marie.

— Je t'écoute Jérémy, dit Patrice en le regardant dans les yeux. Il imagine déjà une histoire de harcèlement au collège.

— C'est moi, c'est moi, murmure-t-il.

— Il ne dort plus depuis quinze jours, c'est lui qui a voulu que je l'amène ce matin ici, ajoute Marie à voix basse.

— Comment ça c'est toi ? Qu'est-ce qu'il t'arrive ?

Le gamin baisse la tête et remonte la fermeture éclair de son sweat jusque sous son menton. Un silence gênant et lourd s'installe dans la pièce.

— Tu ne dors plus ? Tu voulais venir pour quelle raison aujourd'hui ? Qu'est-ce que tu as de si urgent à nous dire ? lui demande en vain le gendarme en tirant sur sa chemise bleu clair.

Marie regarde intensément son fils, espérant qu'il va ouvrir la bouche. Elle échange un regard interrogateur avec Patrice et parle :

— Y dort plus, cela nous inquiète. Ce matin, à cinq heures, il s'est pointé dans notre chambre. Il m'a fait promettre de l'amener à la gendarmerie dès l'ouverture ce matin. Je n'en sais pas plus. Des larmes embuent ses yeux progressivement. Une grande détresse se lit dans son regard. Elle ne sait pas ce qu'elle fait là, assise sur une chaise froide et dure. Elle se tourne à nouveau vers son fils.

— Qu'est-ce qu'on fait ici, mon grand, dis-le ? soupire-t-elle.

Jérémy reste muet. Il jette un regard suppliant vers Patrice.

— Peut-être que tu préfères que ta maman sorte ? Je peux demander à Marina de venir ici et je m'entretiendrai avec ta maman ensuite ?

Jérémy ne répond pas mais acquiesce.

Patrice se lève et ouvre la porte, il hèle Marina qui arrive d'un bon pas.

— Tu peux venir avec nous ? Marie va sortir et le gamin veut nous parler.

Marie se lève cramponnant son sac à mains comme s'il s'agissait d'un butin. Elle touche l'épaule de son fils et fait un pas vers la sortie. Elle salue rapidement de la tête Marina qui entre dans la pièce pour s'installer à côté de Patrice. Elle hésite un moment puis passe la porte.

— Reste avec Vincent. Il va te servir un café, propose avec tendresse le gendarme en fermant la porte.

— On t'écoute mon garçon, dit-il une fois rassis.

— Ben, c'est moi.

— Comment ça ?

— J'ai tué le gars.

Patrice et Marina restent bouche bée et le regardent interdits.

— Tu peux nous en dire plus, demande Marina qui essaie de réunir les conseils qu'on lui a donnés lors d'un stage à la brigade de prévention de la délinquance juvénile.

— Est-ce que tu peux nous expliquer ce qui t'amène ici de si bon matin, Jérémy ? renchérit Patrice.

— Voilà, ce que je voudrais vous dire. Le gars, le mec polonais, je l'ai tué, c'est moi. J'étais là quand il pique-niquait vers midi. Je suis amoureux de... Non, je ne dirai pas son nom. J'avais la haine, vous voyez ! Moi, je l'aime depuis... toujours ! Et lui, il débarque, là, comme ça, et hop ! Il se met à renifler.

Patrice lui tend un mouchoir machinalement sans le quitter des yeux.

— Prends ton temps, Jérémy, murmure Anita qui oscille entre le plaisir de boucler cette enquête et la compassion envers ce gosse émouvant.

Le gamin poursuit :

— Le gars, y m'a énervé mais un truc de fou ! D'où il pouvait se permettre de se la taper comme ça ! Et encore, je ne suis pas arrivé tout de suite. Quand je les ai vus tous les deux enlacés, ça m'a rendu véner ! J'ai attendu qu'elle soit partie et qu'il comate sous un arbre. Je voulais me le faire, je n'étais plus moi-même, jaloux de ouf, quoi ! J'ai pas réfléchi ! Après comme j'étais près d'un muret effondré, vous voyez où ? Non ? Le con, il faisait sa petite sieste, les pieds à moitié dans l'eau ! J'ai commencé par balancer une petite pierre pour le faire chier et pis comme y bougeait toujours pas, je me suis rapproché et j'en ai balancé une plus grosse en plein sur la tempe... J'ai attendu un moment, comme quand je pêche et que j'attends que le bouchon descende. Je ne le voyais toujours pas bouger alors j'ai flippé et je me suis barré vite fait. Je vous dis, j'ai enfourché mon vélo rapido, je vous dis ! Mais bon, comme il bougeait plus et qu'après on l'a retrouvé ailleurs sur la rive, mort, la tête amochée, j'ai supposé que je l'avais tué, quoi !

Il prend un air pensif et ajoute :

— Moi qui ai du mal des fois avec des carcasses qui arrivent de l'abattoir à la boucherie, depuis, plus de problème. Il la touchera plus, voilà !

Patrice et Marina ont écouté ce flot de paroles incroyables sans sourciller, abasourdis par les aveux de ce gosse aux joues encore rondes et aux boucles brunes qui entourent son visage si juvénile. Ils restent sans voix quelques instants alors que Jérémy les regarde, anxieux. Il croise les bras et des larmes coulent le long de son visage.

— On va reprendre tout ça calmement, annonce Patrice en tripotant son clavier. Anita est sous le choc. Elle enregistre et trie ces informations dans son esprit qui était loin d'imaginer un tel scénario.

Marie attend impatiemment assise sur une petite chaise de bureau à l'accueil. Elle trouve le temps long, regarde sa montre et soupire. Elle n'a aucune idée de ce qui se trame derrière la cloison mais elle sait depuis son réveil que cette journée ne sera pas comme les autres. Elle pense au salon qu'elle ne va pas ouvrir à l'heure ce matin et au rendez-vous avec madame Porcher qu'elle va louper. Elle a envoyé un message au boucher des Verchers-sur-Layon pour l'avertir que Jérémy ne serait pas présent aujourd'hui. Ce gosse est un bon garçon, que fait-il là au lieu de rêver à s'installer dans le coin, à prendre un gros poisson, à tomber amoureux. Elle se souvient petit, il distribuait ses cadeaux quand il estimait en avoir assez. On vient de lui proposer un café. On chuchote derrière les écrans. Elle étouffe. Elle demande si elle peut sortir fumer cinq minutes. Elle rentre et reste les yeux rivés sur la pendule dont elle entend maintenant distinctement le tic tac qui l'obsède.

Quand la porte s'ouvre enfin, les regards de Patrice et Marina sont vides, celui de Jérémy aussi. Ils semblent revenir d'une autre dimension. Il faudra plusieurs verres d'eau et des mots, beaucoup de mots choisis par les gendarmes pour expliquer l'inexplicable, pour que Marie comprenne les aveux que vient de faire son fils aîné.

43

Tout le puzzle de cette journée fatidique du vendredi 16 avril était reconstitué. Après les coins qui avaient posé les bases de l'enquête, le cadre s'était mis en place tranquillement. L'ensemble général se dessinait avec évidence et les petites pièces manquantes avaient été rajoutées à la fin.

Marek Wolaski, jeune homme peu recommandable et ayant laissé un casier et une jeunesse tumultueuse en Pologne avait trouvé en France un équilibre et un job qui convenait à ses compétences. Un job dans lequel il avait noué des relations cordiales avec ses collègues. Sa dernière journée pouvait maintenant être complètement éclairée pour toute la brigade et transmise au procureur.

Il avait donc reçu, un coup de fil de sa sœur le jour de sa mort, lui rappelant que les portes du passé se ferment difficilement pour certains. Il était arrivé à Concourson pour son dernier jour de recensement de plantes pour le Parc Naturel Régional dès huit heures dans l'espoir d'avoir le plus de temps possible pour déjeuner avec Floriane dont il était tombé amoureux quelques jours auparavant. Dans la matinée, son entrevue avec Jean-Michel avait mal tourné. Ils s'étaient empoignés fortement et le viticulteur bourru lui avait envoyé une bonne droite avant de le laisser continuer sa journée. Une bonne pêche en pleine figure ! Il en était même sûrement arrivé un peu abruti sur son parcours. Il avait pu photographier quelques véroniques sur sa ligne de relevé et répertorier scrupuleusement ses trouvailles.

Puis, il avait retrouvé Floriane près du pont du canal de Monsieur pour pique-niquer, passer quelques heures ensemble loin de la vie quotidienne de chacun. Il lui avait menti sur le coup qu'il avait reçu : il avait raconté avoir glissé sur une des berges et s'être blessé mais sans gravité. Pendant ce temps-là, Jérémy caché derrière un muret du pré d'en face les espionnait. Secrètement amoureux de Floriane, il avait été pris d'un accès de rage une fois que celle-ci avait quitté les lieux et avait lancé une pierre qui avait porté un coup fatal sur Marek endormi au pied d'un saule et peut-être étourdi par le persil empoisonné que son amante lui avait fait avaler involontairement. Le gamin le voyant inconscient était même venu vérifier et avait paniqué.

La question désormais était de savoir ce qu'il allait advenir du gamin qui s'était livré de lui-même aux enquêteurs et qui refusait de dire avec qui était le noyé au moment de son meurtre. Une affaire vraiment hors du commun ! A la brigade, on pensait être sur une affaire de stupéfiants et on se retrouvait avec un crime de jalousie amoureuse peu banal...

Le procureur de la République a saisi le juge pour enfants. L'enquête est maintenant bouclée, chacun a repris sa place et ses habitudes. Même l'imprimante, qui avait pourtant fait une trêve le temps des investigations, recommence à bugger. Patrice pouvait retrouver sa routine. Un monsieur aux cheveux blancs et à la démarche peu sûre passe le portillon et demande à déposer une main courante.

— Qu'est-ce qui vous amène ? Je vous écoute, dit Patrice en ouvrant sa base LRPGN et en prenant la carte d'identité de ce monsieur.

— J'avais une tondeuse sous mon appentis et elle a disparu. Je me la suis faite voler c'est sûr ! Y a toujours des romanos qui tournent autour de chez nous de toutes façons, je m'en doutais !

— Quand est-ce que vous vous en êtes aperçu ? Est-ce que l'appentis était fermé à clé ?

— Ce matin, j'ai voulu passer la tondeuse. Non, ce n'était pas fermé à clé, après on a un portail électrique...

— Ça voudrait dire qu'ils ont passé la tondeuse par où ?

— Bah, je ne sais pas mais on l'avait payée cinq cents euros quand même y a deux ou trois ans chez... Vous savez le gars qui fait aussi le matériel agricole, qu'était au rond-point, là, avant. Oh punaise !

Patrice qui est en train de pianoter sur son clavier pour enregistrer la plainte fait une faute de frappe et sursaute. Il lève les yeux attendant que la suite sorte des lèvres de son interlocuteur, le petit monsieur tient sa casquette entre ses mains.

— Oui ?

— Oh bah merde, ça alors, je lui ai laissé à l'automne !

— Pardon ?

— Elle fumait un peu noir à la fin de l'été. Je suis allé lui déposer et je ne suis jamais allé la récupérer !

Patrice délaisse son clavier et sourit. Il hésite entre lui faire la morale et lui dire qu'il a d'autres chats à fouetter ici que de s'occuper des trous de mémoire des vieux messieurs ou s'attendrir de la situation cocasse dans laquelle il se trouve.

— Faites attention à ne pas l'abîmer dans un trou de mémoire, la prochaine fois ! Tout est bien qui finit bien, s'amuse finalement Patrice.

— Faudrait faire quelque chose pour ces gamins qui traînent le soir et ces types qui sont à l'affût du moindre outil à voler, cela dit. Je ne suis pas venu pour rien, hein !

Heureusement qu'il n'y a pas d'enquête pense Patrice, ce n'est pas les plus agréables à mener celles-là avec le racisme ambiant... Finalement pour reprendre le cours des journées à la brigade, il est bien content d'avoir cette anecdote à raconter ce soir à la place d'une histoire de femme battue qui est en danger.

Épilogue

Dix mois plus tard

Émilie ne déroge pas à sa promenade matinale même si le froid pénètre ses os en ce matin de février. Depuis quelques jours, le soleil a décidé de percer et de redonner aux âmes endormies le goût de la lumière en cette période de chandeleur. Elle mangerait bien une petite crêpe... Tiens, elle en fera à Patrice demain midi. Elle ne va quand même pas en manger toute seule ! Elle lui demandera peut-être de les faire sauter, son poignet, comme le reste d'ailleurs fait des siennes ces derniers temps. Les vieux os n'aiment pas l'obscurité, elle les appelle vers la fin. En entrant dans la boulangerie, elle croise la petite Floriane, la femme de Mickaël avec un landau.

— Félicitations Floriane ! Il est bien mignon ce petit ! dit-elle en se penchant non sans difficulté vers la petite tête qu'on distingue à peine entre deux plis de couverture.

— Merci madame Duval ! C'est une petite Capucine, elle n'a pas encore deux mois.

— C'est très beau Capucine, très gai, très floral, dit-elle en souriant. Quelle merveille, un bébé ! Mickaël a pris un congé de paternité ? Tu t'en sors ? demande-t-elle gentiment.

— Elle est loin de faire ses nuits mais on arrive à dormir un peu dans la journée heureusement, son frère et sa sœur sont adorables depuis son arrivée.

— Elle va à l'école la nouvelle grande-sœur ?

— Oui. Ça facilite les choses pour la garde. Ma nounou de périscolaire prend la petite dans deux semaines. Ce sera dur de la lui laisser.

— Bien. Bienvenue à cette petite fille. Et profitez-en surtout, ça passe vite !

Floriane s'éloigne au coin de la rue non sans avoir rabattu la couverture sur le landau. Émilie se réjouit pleinement pour cette jeune femme méritante, originaire du pays et qu'elle connaît depuis son enfance. Elle remonte la côte doucement, s'appuyant sur sa canne plus qu'à l'habitude. Elle sort ses clés et se demande une nouvelle fois s'il lui est véritablement nécessaire de fermer à clé son humble demeure dans laquelle il n'y a rien à chaparder. C'est plutôt elle que cela ennuie aujourd'hui à essayer de faire entrer cette satanée clé qui ne veut pas s'introduire dans la serrure.

En poussant la porte, elle sourit à l'idée de la chaleur qui va réchauffer ses pieds gelés par la promenade et réalise soudain que la description que lui a faite Jérémy l'an dernier de la jeune femme enlacée dans l'herbe au bord de l'eau avec ce jeune botaniste, correspond étrangement au portrait de Floriane. Floriane, une belle plante à cueillir, une fleur à prendre. À cette époque, elle n'avait pas encore pris ce poste de secrétaire médicale au cabinet dentaire de Doué. Non, elle a commencé plus tard, en juin. Elle se souvient. Et si ? Non, Émilie tu te fais des films, tu extrapoles !

Émilie a quitté son manteau et a enfilé ses chaussons. Elle s'est assise dans son fauteuil près de la fenêtre pour faire ses mots-croisés. Elle prend la décision de garder ses déductions pour elle, après tout, ce n'est pas son histoire. *On commence à vieillir quand on finit d'apprendre*, disait un proverbe japonais sur son calendrier à effeuiller ce matin. Alors, elle n'est peut-être pas si vieille que ça.

Concourson-sur-Layon

Commune déléguée de Doué-en-Anjou

Concourson-sur-Layon est un village viticole qui se compose du bourg principal et des deux hameaux des Rochettes et de Cossé. Les abords du Layon et son aire de repos sont appréciés des touristes, des pêcheurs et aussi de ses habitants quand les semi-remorques ne viennent pas perturber leur quiétude !

Différents parcours pédestres et ludiques permettent la découverte de son patrimoine et des communes alentours. On peut en les empruntant admirer moulins, châteaux, manoirs, églises, chapelles, ancienne gare, la rivière du "Layon" et ses coteaux à l'origine d'excellents vins ainsi que quelques vestiges de la production de charbon et du canal de Monsieur.

Le Layon, qui s'appelait à l'origine l'Ara puis serait devenu l'Arayon, est aussi appelé « canal de Monsieur » en référence au frère du roi Louis XVI, le futur Louis XVIII. Il serpente dans une faille géologique entre schiste et calcaire et le village de Concourson se développe de part et d'autre de la rivière entre plaines et coteaux.

Long de presque 90 kms, le Layon prend sa source à Saint-Maurice-Étusson et rejoint la Loire à Chalonnes-sur-Loire. La vallée du Layon marque la transition entre la région des Mauges et celle du Saumurois.

Le Parc Naturel Régional Loire-Anjou-Touraine

Créé en 1996, le Parc naturel régional Loire-Anjou-Touraine regroupe 116 communes de Maine-et-Loire et d'Indre-et-Loire engagées autour d'un projet fort de préservation des patrimoines et de valorisation des ressources locales.

https://www.parc-loire-anjou-touraine.fr/

Si à ce stade, vous vous demandez encore pourquoi la femme du garagiste de Soulanger passe son temps chez l'esthéticienne, c'est juste parce qu'elles marient leurs enfants très bientôt ;)

Remerciements

À Benoît Lesaffre, pour la coécriture du scénario et la couverture.

À Guillaume Delaunay, botaniste passionné et chef du service biodiversité et paysages du Parc Naturel Régional Loire-Anjou-Touraine, pour la qualité de ses réponses à mes questions étranges sur la flore du Layon.

À Julien Coutenceau, responsable de l'agence de Saumur du Courrier de l'Ouest, pour la relecture professionnelle de l'article.

À Yannick Couillec, pour ses renseignements précieux sur le fonctionnement interne de la Gendarmerie Nationale.

À Laurent Aubineau, animateur du patrimoine à Doué-en-Anjou, pour son enthousiasme communicatif pour notre région et ses trésors.

À Aurélie, Corinne, Jessika et maman pour leur relecture bienveillante et affûtée.

Et aux personnes âgées qui passent avec leur canne sous mes fenêtres lorsque j'écris.

Du même auteur :

« Les élèves sont en évaluation, c'est un quizz de dix minutes. Il était annoncé. Ils ont eu la journée du 11 novembre pour réviser. Ils seront le nez sur leur feuille jusqu'à ce qu'elle la leur arrache. C'est peut-être un peu court dix minutes...

Clara regarde par la fenêtre, elle a une vue sur les toilettes où entre précipitamment un jeune élève. Ce petit bâtiment gris similaire en tous points à celui qu'elle fréquentait elle-même élève. Des portes qui ferment à peine, un toit en taules si bien qu'il y fait soit très chaud soit très froid mais rarement une température agréable pour ce genre de lieu ! Elle se souvient que les grands allaient fumer derrière quand le surveillant était occupé ailleurs. Aujourd'hui, cela serait impossible. » ***Cours toujours !*** 2021

15 février 2021 « **Courses schizophréniques** Arrivée sur le parking, c'est tout juste si je n'oublierai mon masque dans mon check-up (liste, jeton, sacs, motivation) avant de sortir de la voiture. Heureusement des zombies aux masques et aux cheveux blancs sont là pour me le rappeler. C'est fou ! Comment arrivais-je, il y a quelques semaines encore, à y ajouter en plus une attestation ? » ***Humeurs de courses, chroniques d'une ménagère en caddie*** 2021

Retrouvez-la sur les réseaux : Véronique Lesaffre auteure

Et sur son site web : https://veroniquelesaffreauteure.fr